KB062428

로크미디어가
유혹하는
재미있는 세상
ROK MEDIA
로크미디어

# 이것이 삶이다

# 이것이 법이다 29

2017년 12월 1일 초판 1쇄 인쇄
2017년 12월 6일 초판 1쇄 발행

**지은이** 자카예프
**발행인** 이종주

**기획 팀** 이기헌 왕소현 박경무 이승제
**책임 편집** 최전경

**발행처** (주)로크미디어
**출판등록** 2003년 3월 24일
**주소** 서울시 마포구 성암로 330 DMC첨단산업센터 3층 314호
**Tel** (02)3273-5135 **Fax** (02)3273-5134
**홈페이지** rokmedia.com **E-mail** rokmedia@empas.com



값 8,000원

ISBN 979-11-294-0812-9 (29권)
ISBN 979-11-255-9575-5 04810 (세트)

# 이것이 법이다

29

자카예프 장편소설

로크미디어

이 소설은 픽션입니다.
등장하는 인물 및 지명 등은 현실와 연관이 없습니다.
또한 소설 내에 나오는 법이나 법리 해석의 경우에도 대중문학의 극적 전개를 위하여 일부분 과장되거나 변형된 것이 존재하니 실제 법과 혼동하지 않으시길 바랍니다.

# CONTENTS

# 과자 전쟁

"요즘은 별일이 없으신가 봐요?"

노형진은 유민택을 보면서 고개를 갸웃했다.

새해가 되면 가장 먼저 해야 하는 것 중 하나가 바로 인사 다니기다.

사업을 하는 사람이라면 한 번은 해야 하는 것으로 비리까지는 아니다.

그 사이에 돈이 끼면 비리겠지만.

어찌 되었건 노형진은 유민택에 인사하러 온 김에 물었다. 그러자 유민택은 혀를 쯧쯧 찼다.

"참 빨리도 물어본다."

"하하, 바쁘다 보니."

"그래서 이제 온 거냐?"

노형진은 어색하게 웃을 수밖에 없었다.

지난 몇 달간 연속으로 계속 사건이 터지는 바람에 도무지 시간을 낼 수가 없었던 것이다.

물론 송정한이 오기는 했지만 유민택이 가장 신임하는 사람은 노형진이다.

그러니 그가 오지 않은 것은 참으로 실례다.

"조금 있으면 개나리 핀다."

"뭐, 따뜻하고 좋지요."

"끌끌."

유민택은 그렇게 말하면서 의자에 기대앉았다.

"그동안은 정체 상태야."

"휴식기인가요?"

"그렇지."

아무리 기업이 사람이 아니라고 하지만 무한대로 치고받을 수는 없다. 다른 사업에 집중해야 하는 부분도 있고 저들에게서 입은 피해도 복구해야 한다.

"그래도 성화가 세력이 많이 줄기는 하지 않았습니까?"

"그건 그렇지. 하지만 결정적인 카운터가 없어."

성화는 대한민국 대기업의 전형 같은 존재다.

그래서 사업을 이것저것 다 한다.

하지만 수익이 되고 핵심적인 자리에 있는 것은 몇 개 안 된다.

“군납 이후에는 제대로 타격이 들어간 게 없어.”

“흠…….”

군납은 성화에 큰 타격을 줬다.

그만큼 금액도 크고 주요 산업이었던 것이다.

“하지만 자네도 알다시피 다른 사업들은 고만고만한 규모야.”

“다른 기업들이 들으면 자지러질 겁니다.”

“알고 있네.”

성화의 핵심을 꼽으라면 두 가지다. 식품과 전자.

그 부분은 워낙 꽉 잡고 있어서 대룡조차도 상대가 되지 않는다.

대룡도 식품과 전자 부문이 있기는 하지만 식품은 한국에서 활동하지 못하고 해외로 나간 상태다.

애초에 싸움이 되지 않기 때문이다.

그만큼 규모가 작다는 소리이기도 하고 말이다.

‘그러다가 미국 사태가 벌어진 거지만.’

어찌 되었건 성화는 미국에서 벌인 테러에 준하는 행위로 인해서 막대한 손해를 보기는 했지만 대한민국 내에서는 여전히 높은 위치에 있다.

전자 같은 경우에는 대룡이 명함을 내밀기도 민망한 수준이다.

“잔챙이들로 치고받고는 있지만 솔직히 식품하고 전자를

어떻게 하지 않으면 결정적인 공격은 하지 못하네."

"흠……."

노형진은 턱을 스윽 문질렀다.

'하긴…… 잔챙이로 치고받아 봐야…….'

그런 싸움은 계속되고 있다.

하지만 그건 자금을 깎아먹는 역할은 할 수 있을지 몰라도 너무 장기전이 된다.

'그리고 그러면 대룡이 불리해진다.'

대룡의 유민택은 나이가 상당히 많다.

얼마 후면 그의 나이가 일흔을 넘어가니까.

물론 성화 역시 회장인 김일성 역시 적은 나이가 아니지만 그에게는 후계자가 있다.

'그에 반해 유민택은 후계자가 너무 어려.'

후계자를 성화의 음모로 모두 잃어 버렸다. 그 후에는 사실상 유민택 혼자 이 싸움을 이끌어 가는 상황.

"솔직히 나도 힘이 부치네."

"벌써요?"

"벌써라……. 지금 내가 뭐가 남았을 것 같나?"

"……."

하긴, 지금 그를 지탱하는 것은 성화에 대한 분노다.

그러나 분노는 힘이 나게 할 수는 있을지언정 생을 연장할 수는 없는 법이다.

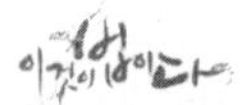

“그러니 그 전에 성화에 타격을 줘야 하지만 솔직히 지금은 휴식기야. 우리가 할 수 있는 게 없네.”

“흠…….”

노형진은 잠시 침묵을 지켰다.

‘전자? 아니야…….’

전자는 호불호가 확실하게 갈리는 편이다.

사람들은 전자의 경우는 특정 브랜드를 선호하는 성향이 강하다.

성화는 한국 최대 규모의 기업은 아니지만 백색 가전, 그러니까 주방용 가전이나 에어컨 등에서는 절대적인 입지를 가지고 있다.

‘그럼 남은 건 식품인데.’

식품이 성화를 지탱하는 가장 큰 기준이다.

그리고 현재 대룡과 전쟁하는 성화에 가장 빠르게 자금을 투입하는 일종의 군수 공장 같은 존재이다.

“둘 중 하나에만 타격을 입힐 수 있다면 그들의 자금 상황은 무척이나 안 좋아질 걸세.”

유민택은 답답하다는 표정으로 그렇게 말했다.

“다른 과자들은 어떻게 출시해 볼 생각이 없나요?”

“안 해 본 건 아니야. 하지만 자네도 알지 않나? 과자라는 건 은근히 취향을 타거든.”

“흠…….”

과자에는 베스트셀러라는 것이 존재한다.

한번 잘 나온 과자는 수십 년을 간다.

사람들의 입맛이 그것에 길들여지기 때문이다.

"그 부분에 대해서도 우리 측 전략실에서는 방법이 없다고 생각하는 모양이야."

"방법이라……."

식품 쪽, 특히 과자 쪽은 입맛에 따라서 흘러가는 성향이 강하다.

"그렇다 보니 진입이 쉽지 않네."

아무리 센터를 털어 봐야 든든한 본진이 있는 이상 전쟁은 계속된다.

전쟁을 끝내는 가장 확실한 방법은 본진을 털어 버리는 거다.

"하지만 쉽지가 않아."

전자 쪽은 기술이 필요한 거라 쉽지 않다.

그나마 대룡에서 식품에 도전해서 이런저런 과자들을 만들어 내고 있지만 성화에 비해 너무 밀리는 것은 사실이다.

"그렇단 말이지요."

노형진은 머리를 스윽 문질렀다.

"방법이 없겠나?"

"방법이라……."

노형진은 약간 고민했다.

아무리 노형진이라고 해도 난데없이 국민들의 입맛을 바

꿀 수는 없다. 그렇다고 국민들에게 사 달라고 읍소해 봐야 소용도 없다.

'국민들은 극도로 이기적이다.'

몇 번의 실험 결과, 나온 결론이다.

대한민국 국민들은 극도로 이기적이다.

주변에서 뭐라고 하든지 간에 자기 이득이 되지 않으면 관심을 가지지도 않는다 .

"그렇다고 놔둘 수는 없지 않습니까?"

"그러니까. 솔직히 그들의 식품 매출을 20%만 깎아도 그들의 경쟁력은 절반 이상 떨어질 거라는 게 전략 팀의 예상이야."

"그게 쉽습니까?"

"그러니까."

유민택조차도 방법이 없다고 할 정도로 과자 시장에서의 힘은 막강하다.

노형진은 약간은 안타까운 듯 입맛을 다시다가 문득 한 가지 가능성을 떠올렸다.

"잠깐만요."

"응?"

"그러고 보니 성화가 과자 시장에서 규모가 제법 크지요?"

"식품 전반에 영향을 주지만 과자가 제일 많지."

가격 대 가치도 제일 높은 게 과자다.

노형진은 문득 미래의 일이 생각났다.

"과자 수입은 어때요?"

"과자를 수입하자고? 우리나라 사람들 입맛에 맞을까?"

'확실히 맞지.'

노형진은 실실 웃기 시작했다.

스치고 지나가듯이 떠오른 것이긴 하지만 갑자기 좋은 생각이 미친 듯이 나기 시작한 것이다.

"과자를 수입해서 뭐 하게? 그다지 많이 팔릴 것 같지 않은데?"

그는 그렇게 생각했다. 그리고 이게 우리나라 대기업들의 생각이었다.

'하지만 미래는 다르다.'

얼마 후 중소기업들에서 해외 과자를 수입하기 시작한다.

그리고 그 반향은 엄청나게 컸다.

그동안 국민들이 국산 과자만 먹은 것은 두 가지 이유에서였다.

첫째, 그것밖에 없으니까.

시중에서 수입 과자를 취급하는 곳은 거의 없었던 것이다.

둘째, 그나마 기존에 수입하던 과자들은 수입품이라는 이유로 터무니없는 폭리를 취했다.

가령 악마의 초코 과자라고 불리던 탑탑의 경우는 대대적으로 수입하기 전에는 수입 전문점에서 4천 원씩 팔았다.

한국 과자보다 훨씬 비싼 가격이었기 때문에 사람들은 '수입 과자 = 비싼 과자'라는 인식을 가지게 되었다.

'하지만 현실은 달랐지.'

수입이 활성화되고 난 후 한국에서 탑탑의 한국 판매 가격은 대략 1천 원으로 동종 한국 과자들의 가격의 절반 이하였다.

더군다나 그나마도 적지 않은 이윤을 붙인 것으로, 진짜 과자의 원가는 대략 500원 선.

'만일 대룡에서 원가에 이윤을 낮춘다면 충분히 가능성이 있다.'

노형진은 마음을 굳게 먹고 유민택을 설득하기 시작했다.

"과자의 가격은 우리나라가 무척이나 비싼 편입니다. 그러니 수입해서 판매한다면 무척이나 싸게 팔 수 있을 겁니다."

"그런가?"

"대표적인 예를 들어 볼까요? 동남아는 과자 하나에 대략 100원 정도 할 겁니다."

유민택은 고개를 끄덕거렸다.

동남아는 환율이 다르다.

당연히 그들이 먹고 마시는 과자는 싸다.

"우리나라에 그걸 수입한다면 어떨까요?"

"음?"

"인건비, 수송비 그리고 여러 가지 경비를 다 합한다고 해도 한 300원 정도면 이윤이 남을 겁니다."

"그렇겠군."

"물론 한국 사람의 입맛에 맞지 않는 과자도 분명히 있겠지요. 하지만 그중 하나는 맞지 않겠습니까? 해외에 있는 과자가 한두 개도 아니고 한국과 입맛이 비슷한 나라들도 있지요."

"그건 그렇지."

유민택은 노형진의 말에 수긍할 수밖에 없었다.

당연한 얘기이기도 하지만 사실이기도 하니까.

"그러니까 우리는 입으로는 세계화를 말하지만 사실 그 세계화라는 것에 대해서 잘 모른다는 겁니다."

세계화, 글로벌화를 해서 장사하는 건 좋다.

그런데 대부분의 기업들은 세계화라고 하면 자국 내 물품을 해외에 파는 것만 생각한다.

그리고 그 과정에서 질이 떨어지니까 터무니없이 싼 가격에 판매하는 것이 보통이다.

"하지만 엄밀하게 말해서 글로벌화라는 건 해외에서도 한국에 들어온다는 뜻입니다. 다만 기업들이 하지 않으니까 국민들도 모를 뿐이지요."

"하지만 아무래도…… 돈이라는 게…… 국가적인 정책도 있고."

해외에서 과자를 수입해서 팔면 당연히 돈이 해외로 나간다. 그러니 국가에서 싫어하는 건 당연한 일.

"아니, 그런 식이면 고급 사치품은 수입하면 안 되죠. 정치인들은 자기들은 고급 사치품은 주저 없이 수입하면서 애들이 먹는 과자는 외화를 유출한다고 수입하지 못하게 한다는 게 말이 됩니까?"

"흠……."

유민택은 잠시 아무런 말이 없었다.

"애초에 과자 수입은 생각도 해 보지도 않았는데 말이지."

"수입할 이유가 없죠."

성화는 해외에서 대박이 난 과자가 있으면 그걸 그대로 베껴서 만든다.

그리고 터무니없이 비싼 가격에 판다.

정부에서는 그런 성화로부터 뇌물을 받고 그들을 보호한다.

그런 식이니 해외의 오리지널 과자는 대부분 못 들어온다.

'한국에서 성공한 대부분의 과자가 그런 식이지.'

해외에서 성공한 과자를 그대로 복제하다시피 만들어서 파는 것들.

그게 현재 대한민국 과자 시장의 수준이다.

대표적인 예가 초코버섯과 막대초콜릿 등등이다.

새우칩스 역시 해외의 과자를 복제해서 만든 것.

한국 내에서 스스로 개발해서 베스트가 된 경우는 드물다.

"과자 수입이라……."

유민택은 다시 고민에 빠졌다.

확실히 노형진의 말대로라면 국민들은 이쪽으로 돌아올

수밖에 없다.

"한국 과자에 대해서 농담이 있습니다."

"농담?"

"한국에서는 질소를 사면 과자를 덤으로 준다는 겁니다."

유민택은 고개를 갸웃했다.

"그건 말이 안 되지 않나? 질소가 훨씬 싼 거야 자명한 일인데, 어째서 질소를 사는데 과자를 덤으로 준단 말인가?"

"이건 비꼬는 겁니다."

"비꼰다고?"

"네, 질소처럼 싼 걸 비싸게 팔아먹는 바가지 상술과 터무니없이 양이 적은데도 그걸 많은 것처럼 꾸미는 기존 과자 업계의 행동을 비꼬는 거죠."

"포장하다 보면 질소가 들어갈 수도 있지."

유민택은 이해하지 못하는 얼굴이었다.

하긴, 유민택이 과자를 먹을 일이 없으니 지금 과자라는 시장이 얼마나 개판인지 이해하지 못할 것이다.

애초에 대룡은 과자 시장에 진출한 적도 없으니 말이다.

"안 되겠군요."

"응?"

노형진의 말에 유민택은 고개를 갸웃했다.

"일단 두 눈으로 보시는 게 가장 좋을 듯합니다."

⚖

며칠 후, 노형진과 유민택 앞으로 상당한 양의 과자들이 배달되었다.

그런데 특이한 것은 동일한 과자들이 몇 개씩 온다는 것이다.

"이게 다 과자인가?"

"네, 주로 일본과 미국 그리고 유럽 등지에 수출되는 과자들입니다."

"이걸 왜?"

"일단 이걸 보시죠."

노형진은 수많은 과자들 중 하나를 집어 들었다.

'맛동네'라고 쓰인 제법 커다란 과자 봉투.

"이게 우리나라 과자입니다."

그리고 바로 옆에 있는 과자 봉투를 꺼내서 열었다.

"좀 양 차이가 심하군."

"이건 일본에 수출하는 일본 판매용이죠. 그리고 이건……."

마지막 봉투를 열자 유민택은 얼굴을 살짝 찡그렸다.

그럴 수밖에 없는 게 거의 두 배 가까이 차이가 났기 때문이다.

"뭔가, 이게?"

"뭐긴요, 과자지."

"그런데 왜 이렇게 양이 차이가 나나?"

"가격이 다르니까요."

"뭐, 가격이 다르다면 그럴 수도 있지."

납득하고 고개를 끄덕이는 유민택.

그런데 노형진의 다음 말에 기가 막혀서 말이 나오지 않았다.

"한국 과자는 2천 원입니다. 일본 과자는 1,500원이고 미국 과자는 1,200원입니다."

"뭐라고?"

당연히 양이 늘어날수록 가격이 올라가야 정상이다.

그런데 양이 줄어들수록 과자의 가격은 더 올라가는 이상한 현실.

"그리고 이건 아몬드가 들어간 초콜릿입니다."

노형진은 그걸 열어서 숫자를 세기 시작했다.

"한국산 과자에 들어간 초콜릿의 숫자는 열여덟 개입니다. 일본 수출용에서 들어간 숫자는 서른 개입니다. 미국산도 서른두 개로 일본과 비슷합니다."

"터무니없군."

유민택은 자신도 모르게 중얼거렸다.

"터무니없는 건 더 있지요. 똑같은 상품이지만 똑같은 초콜릿은 아닌 거요."

"똑같은 초콜릿이 아니라니?"

"일본 상품은 진짜 초콜릿으로 만든 물건입니다. 하지만 한국 상품은 유지 성분과 향신료 성분이 훨씬 더 많은 유사

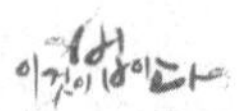

초콜릿이지요."

"그러니까 일본에서는 진짜 초콜릿으로 더 싸게 더 많이 팔고, 한국에서는 가짜 초콜릿으로 더 비싸게 더 적게 판다 이건가?"

"네, 그게 현실입니다."

"허어, 미쳤구먼."

사업하는 입장에서 이런 것이 장기적으로 좋지 않다는 것을 모를 리 없다.

그런데 이렇게 차이가 심하게 날 줄은 몰랐던 것이다.

"왜 이런 거지?"

유민택은 고개를 갸웃했다.

상식적으로 이런 식으로 장사하면 장사가 될 리 없다.

그런데 실제로는 장사는 엄청나게 잘된다.

'그럴 수밖에 없지.'

이건 대한민국의 고질적인 문제이다. 이유는 단 하나.

"바로 유통 라인 때문이지요."

"유통 라인?"

"네."

"아니, 유통 라인이 왜?"

"한국의 유통 라인은 해외와는 좀 다릅니다. 한국의 유통 라인은 기본적으로 독점을 기반으로 합니다."

"독점?"

"네."

가령 1번 구역이 있다고 본다면 그 지역에서 A라는 거래처가 그 지역에 있는 대부분의 업체에 과자를 공급한다.

그런데 그 A라는 업체는 사실상 성화 같은 재벌에 종속되어 있어서 다른 중소기업의 상품을 취급할 수가 없다.

좋게 말하면 그 지역에 대한 독점권을 가지는 거지만 사실대로 말하면 성화를 제외한 다른 업체의 물건을 납품하는 게 불가능한 셈.

"그런데 그게 문제입니다. 사실상 우리나라 과자 시장은 양분되어 있거든요."

"하긴……."

그리고 그중 1등이 다름 아닌 성화다.

"그러한 공급 업체는 계약에 묶여 있어서 다른 걸 취급하지 못하지요."

"대리점과는 좀 다르군."

"네."

더군다나 독점적이다 보니 그들은 회사에 엄청난 예치금을 내고 들어가야 한다.

물론 그건 계약이 해지되면 돌려받아야 하는 돈이지만, 대부분의 경우 그 책임을 상대방에게 떠넘기면서 돌려주지 않는다.

"중간이야 그렇다고 치고 다른 곳은 어떤가? 자네 말대로라면 수입 과자를 공급하는 다른 곳도 있어야 정상이 아닌가?"

유민택은 고개를 갸웃했다.

한국 시장이 독점 시장인 것은 알고 있다.

대표적인 업체 두 곳이 협잡질을 해서 가격을 올리는 건 일도 아니라는 거 알고 있다.

그렇지만 그래도 소매업체가 수입 과자를 받아 주지 않는 이유를 알 수가 없었다.

"두 가지 이유 때문이죠."

"두 가지?"

"네. 첫째는 그들이 독점이라는 것, 두 번째는 소규모 수입 업체가 버틸 수 있는 구조가 아니라는 것."

"아아……."

유민택은 어렵지 않게 이해할 수 없었다.

한국은 크게 두 곳이 거의 독과점한 상태이다.

그 아래에 작은 기업이 있기는 하지만 종류도, 숫자도 많지 않다.

"만일 저항한다고 하면 그냥 빼 버리겠군."

"대체재가 없으니까요."

두 기업이 과자 공급을 끊는다고 하면 소매점은 들어오는 과자의 80% 이상이 빠지게 된다.

즉, 제대로 된 매출이 나오지 않는 것이다.

"더군다나 성화는 대기업이니까요."

지금까지 수입 과자를 안 들여온 건 아니다.

하지만 그게 일반 시장에 뿌려지는 순간 성화에서 그 기업을 밟을 것은 당연한 일.

'그래서 미래에도 결국은 전국적으로 퍼지지 않았지.'

과자를 수입하는 기업들은 규모가 작은 중소기업이다.

당연히 성화와 싸우면 제대로 저항도 하지 못하고 밟혀 버린다.

'그래서 대부분의 과자들의 유통은 인터넷과 개별적으로 오픈한 수입 과자 전문점에서 한다.'

일반적으로 소매점. 편의점이나 마트, 슈퍼마켓 등지에 들어가는 수는 무척이나 극소량이다.

그나마도 동남아나 러시아, 브라질 등의 싼 과자가 아니라 유럽이나 미국, 일본 등 물가와 환율이 비싸서 가격이 비싼 과자들 위주로 들어간다.

'하지만 대룡이라면…….'

어차피 성화와 전쟁하는 대룡이다.

성화가 밟으려 한다고 해서 밟힐 존재가 아닌 것이다.

"흠……."

유민택은 턱을 스윽 문질렀다.

가격도 그렇고 양도 그렇고, 수입하여 판매하기 시작하면 상당한 수익을 낼 수 있을 듯한 느낌이 들기는 했다.

더군다나 원가가 얼마 안 하는 과자들이니 자신들이 가격

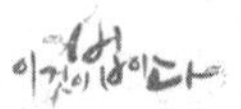

을 과하게만 책정하지 않으면 충분히 성화와의 일전을 해 볼 수도 있다.

"한 가지 문제가 있군."

"유통망 말씀이시군요."

"그래, 우리는 국내에 유통망이 없네. 알지?"

국내에 유통망은 존재하지 않는다.

그리고 그건 무척이나 골치 아픈 문제다.

사람들은 상품만 좋으면 사업이 성공할 거라 생각한다.

하지만 실제로 사업이 성공하기 위해 필요한 것은 싸고 뛰어난 성능보다는 충분한 유통망이다.

"성화가 과자를 비롯한 식품에서 군림할 수 있는 가장 큰 이유는 다름 아닌 유통망 때문일세."

"그렇지요."

노형진이 아까 설명한 것도 결국은 유통망의 문제이다.

"우리가 유통망을 만들려고 하려면 저쪽에서는 이쪽에서 과자를 공급받는 가게에 과자 공급을 끊으려고 할 걸세."

그렇게 되면 가게를 하는 사람들이 검증되지 않은 수입 과자보다 검증된 국산 과자에 몰릴 게 뻔하다.

"더군다나 수입 과자가 엄청나게 많은 것도 아니고 말이야."

아무리 대룡이라고 할지라도 수입 과자 수십 수백 종을 한꺼번에 수입할 수는 없다.

결국 잘나가는 몇몇 과자들 위주로 수입하기 시작해서 시장을 봐 가면서 새로운 과자를 수입할 수밖에 없는 것이다.

"유통망을 만드는 건 쉬운 일이 아닐세."

유통망을 만드는 게 쉬운 일이라면 개나 소나 만들 것이다.

하지만 만들려고 하는 순간 기존 업체와의 경쟁을 기반으로 해야 하기 때문에 당연히 그들은 방해할 것이다.

더군다나 성화라면 더더욱 그럴 것이다.

"압니다. 하지만 방법이 있지요."

"방법이 있어?"

"네."

"어떻게?"

"일단은 그건 제가 좀 알아보겠습니다. 그러니 그 전에 과자부터 수입하고 보죠."

"흠……."

노형진의 말에 유민택은 고민했다.

이건 위험한 도박이다.

과자를 수입했는데 유통망이 없다면 그건 버려야 한다.

"차라리 유통망을 먼저 만드는 건 어떤가?"

"안 됩니다."

노형진은 자신만의 계획이 있다.

하지만 그 작전을 실행하기 위해 바로 과자를 공급할 수 있을 정도의 충분한 여력이 되어야 한다.

"유통망을 만들어 두면 과자를 가지고 오자마자 유통할 수는 있지만 반대로 그 과자가 오는 동안에 와해되거나 성화로부터 공격당할 수 있습니다."

"음……."

결국은 도박해야 한다는 소리다.

유민택은 잠시 고민하다가 마음을 굳혔다.

"자네를 믿겠네."

그렇게 대룡은 성화와 새로운 전쟁을 준비하기 시작했다.

⚖

"살찌겠네요."

과자를 수입하는 데 있어서 가장 중요한 것은 다름 아닌 과자를 고르는 것이다.

각 국가마다 과자에 대한 입맛이 다르다.

그러니 그중에서 한국 사람에게 잘 맞는 그런 과자를 골라야 한다.

유민택은 그러한 과자를 고르기 위해 노형진을 비롯한 무려 열 명으로 구성된 팀을 미국으로 보냈다.

"이건 너무 느끼하군요."

"윽……."

빵 과자를 입에 문 노형진은 자신도 모르게 얼굴을 찡그렸다.

"이건…… 무슨 맛이……."

"미국 애들은 느끼한 걸 좋아하니까요."

"그래도 그렇지, 이거 참……."

미국의 과자들은 느끼하고 짜고 강렬한 경우가 많다.

당연히 한국 사람들이 좋아하는 짭짤하고 달달한 과자는 그다지 많지 않았다.

"하긴, 한국에 수입된 미국 초콜릿들이 하나같이 설탕 덩어리니까요."

그들을 이끌고 온 노형진이 고개를 절레절레 흔들면서 말했다.

그러자 그런 말을 들은 황문서 팀장은 고개를 끄덕거렸다.

"아무래도 극단적인 경우가 많죠. 그래서 해외에서도 과자를 수입하는 경우가 없는 겁니다."

"황 팀장님은 이번 일이 회의적이라고 보시는 건가요?"

"그건 아닙니다. 하지만 쉽지는 않다고 생각합니다. 입맛을 길들여지는 것이거든요."

"그러니까 어떻게 해서든 맞는 과자를 찾아야지요."

"으으…… 팀장님, 살찌면 책임지세요."

"이봐, 김아민 씨, 그러면 안 되지. 과자 고르는 거 전문이라고, 꼭 데려가 달라면서?"

김아민이라고 불린 여자는 완전 우는 표정이 되었다.

"이렇게 많을 줄은 몰랐다고요."

"우리가 먹어 봐야 하는 과자가 미국에서만 사백 개가 넘어."

"우우우."

김아민은 회사에서도 과자를 입에 달고 사는 과자 킬러다.

그래서 미국이라는 말에 냉큼 지원했는데 행복한 미국 출장은커녕 모여서 매일같이 과자를 먹는 게 일상이다.

"우우우…… 배불러서 못 먹겠습니다."

남자 직원 한 명이 얼굴이 사색이 되어서 물러났다.

"그러면 쉬다가 오세요."

"네……."

그를 보면서 노형진은 한숨을 내쉬었다.

"먹고 토하는 건 로마 시대 귀족들만 하는 건 줄 알았는데요."

"하하하."

노형진의 말에 웃고 마는 황문서였다.

"시간이 없으니까요. 비밀리에 움직였다고 하지만 성화가 회사 내부에 스파이를 심어 둔 거야 공공연한 비밀입니다. 그러니 가능한 한 빨리 움직여야지요."

"그건 그렇지요."

서로 스파이를 심어 둔 상황.

그러니 뭐든 하려고 하면 가능하면 빨리 몰래 하는 것이 좋았다.

"아무리 그래도 이건 참 곤혹스럽네요."

노형진이 이렇게 말하는 건 다 이유가 있었다.

과자는 아무래도 맛이 자극적이다.

더군다나 그런 과자 수백 개를 먹으면서 맛을 보고 가치를 판단해야 한다.

그러나 계속 먹으면 그 맛을 제대로 판단할 수 없기 때문에 당연히 입을 중화시켜야 한다.

소금 범벅인 감자칩을 먹고 난 후 다른 걸 먹으면 다른 건 다 싱거울 게 뻔하니까.

"그렇기는 하지요."

결국 그걸 해결하는 방법은 입안을 물로 헹구는 것.

그렇게 수십 번을 헹구고 삼키기를 반복하니 물로 배가 꽉 찰 수밖에 없어 과자 맛이 느껴지지 않는다.

그럼 결국 그걸 토해 내고 쉬었다가 다시 먹는 수밖에 없는 것이다.

'사회생활이 쉬운 게 없다니까.'

노형진 역시 몇 번이나 토해 가면서 과자를 골랐다.

그렇게 사람들은 방구석에 앉아서 과자만 며칠째 먹고 있었다. 유일하게 나가는 시점은 다름 아닌 과자를 사러 가는 시점뿐이었다.

"아오, 진짜 팀장님. 오늘은 다른 것 좀 먹어요."

"다른 거 뭐?"

"뭐든요! 하다못해 햄버거라도 먹어요. 며칠째 과자만 먹었다고요."

"하아."

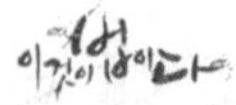

황 팀장은 잠시 고민하다가 결국 고개를 끄덕거렸다.

"하긴…… 아무리 일이 좋아도 몸이 상할 수는 없지."

며칠간 그렇게 과자만 먹었더니 입맛이 없어서 당연히 아무것도 먹지 않아 사람들은 질려 하는 얼굴이었다.

"이미 몸은 상했다고요."

"내 목구멍은 어쩔 거예요……. 에효, 불쌍한 내 목구멍."

"끄응……."

반쯤 농담 삼아 하는 말이기는 했지만 사실 틀린 말은 아니다.

아무리 바로 토해 낸다고 하지만 그렇게 한번 토하고 나면 목에 무리가 가는 것은 당연한 일.

"그러니까 일 끝나면 한동안 휴가이지 않나? 병원비도 회사에서 지원하고."

"젠장…… 그냥 책상에 앉아서 일하는 게 낫지……."

"맞아요. 이게 뭔 꼴이야."

툴툴거리는 직원들.

그들은 며칠간 제대로 된 밥도 못 먹어서 잔뜩 화가 난 상태였다.

"알았다, 알았어. 오늘은 여기까지. 오후는 쉬고 저녁때 제대로 된 밥을 먹으러 가자고."

"우와!"

환호를 지르는 사람들이었다.

“바로 가면 안 될까요?”

“지금 다들 배가 물과 과자로 꽉 차 있을 텐데?”

“아…….”

그걸 토해 낸다고 해도 뒤집힌 배를 진정시키려면 못해도 세 시간은 지나야 한다.

“과자는 여기까지.”

“우와!”

“난 돌아가면 당분간 과자는 쳐다보지도 않을 거야.”

“아민 양, 그래도 과자 아주 끊겠다는 소리는 안 하네?”

“호호호.”

웃는 사람들.

노형진은 그들을 보면서 씩 웃었다.

“그러면 제가 맛있는 식당을 소개해 드리지요.”

“오, 노 변호사님이 알고 계시는 곳이 있나요?”

“그럼요.”

회귀 전에는 미국에서 활동했던 노형진이다.

물론 지금이 그때보다 훨씬 앞이기는 하지만 그래도 기본적으로 맛집이라고 하는 곳은 수십 년의 역사를 가지기 마련이다.

“여기서 좀 떨어진 곳에 끝내주는 스테이크집이 있습니다. 과자는 기본적으로 탄수화물이니까 단백질을 좀 채워 넣지요.”

다들 입에 침이 고이기 시작했다.

"침 흘리는 인간은 과자 먹인다."

그걸 본 황문서가 장난삼아 한 말에 다들 잽싸게 입을 다물었다.

⚖

"우와!"

스테이크를 본 사람들은 자신도 모르게 입을 떡 벌렸다.

그럴 수밖에 없는 게 그 스테이크라는 것이 자신들이 생각하는 스테이크의 상식을 뛰어넘는 크기였기 때문이다.

"한국에서 파는 스테이크의 두 배도 넘겠어요!"

김아민이 탄성을 지르자 노형진은 빙긋 웃었다.

"아무래도 미국 사람들은 고기를 좋아합니다. 더군다나 기본적으로 대식가이기도 하고요. 결정적으로 고기가 싸죠."

"아…… 하긴."

한국에서 가장 비싼 소고기는 당연히 한우다.

그리고 가장 싼 소고기는 호주산이다.

미국산 소고기는 수입이 되지 않고 있는데 호주산보다 훨씬 싼 것이 미국산이다.

그것도 수입 비용과 이런저런 이윤을 포함하고 나서도 싼 것이다.

“우리가 과자를 수입하려고 하는 것과 똑같지요.”

노형진의 말에 황문서 역시 고개를 끄덕거렸다.

더 싼 가격에 수입해서 팔면 성화는 버티기 힘들 게 뻔하다.

“그러니까 부담 없이 드세요. 그리고 이곳은 스테이크로 유명합니다.”

“그래요?”

“네.”

다들 나이프와 포크를 쥐고 고기를 썰어서 입에 밀어 넣었다. 그리고 감동적인 얼굴이 되었다.

“어떻게 이런 맛이…….”

“이게 오리지널 스테이크구나……. 처음 먹어 봐요.”

“맛있죠?”

노형진도 빙긋 웃었다.

‘하긴, 나도 회귀 전에는 여기서 제법 먹었으니까.’

회귀 전에는 이곳에서 여러 번 고기를 먹었다.

‘그나마 지금은 그때처럼 바글거리지는 않네.’

이곳은 회귀 전에는 엄청나게 손님이 많은 곳이었지만 지금은 아직까지 그렇게 유명한 곳이 아닌지라 그다지 손님이 많지 않았다.

새로 연 지 6개월밖에 안 된 스테이크집이다 보니 아직까지 사람들 사이에 소문이 널리 퍼지지 않은 것이다.

“반갑습니다.”

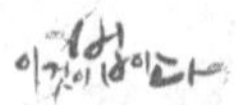

노형진 일행이 와서 먹고 있자 주방에서 나오는 인심이 좋아 보이는 외국인 남자.

그는 노형진 일행을 보면서 얼굴이 밝아졌다.

"열 명이 넘는 단체 손님은 처음 받아 보는군요. 반갑습니다, 하하하."

그래서 특별히 주방에서 나온 모양이었다.

"뭐래요?"

"단체 손님이 처음이라고, 반갑답니다."

노형진은 중간에서 통역해 준 뒤, 그를 바라보면서 웃었다.

"스테이크가 무척이나 맛있네요. 이런 곳은 흔치 않은데요."

"하하하, 우리 집이야 뭐 스테이크집이니까요. 스테이크는 양념이 어쩌고저쩌고하는 게 아니라 고기 맛 그 자체를 즐기는 거 아니겠습니까?"

"하긴."

스테이크는 그다지 양념이 들어가지 않는다.

물론 스테이크 소스가 있기는 하지만 그건 어디까지나 찍어 먹는 수준이지, 고기 맛 자체를 가릴 정도는 아니다.

"그래서 우리 집은 고기 그 자체로만 승부를 보거든요."

"하긴, 그게 정답이죠."

노형진은 이미 알고 있었지만 고개를 끄덕거렸다.

고기 맛이 없으면 아무리 양념을 해 봐야 스테이크는 맛이 없다.

"그래서 우리는 특별히 24개월 미만의 블랙 와규만 씁니다."

자랑스럽게 말하는 주인장.

그런데 그걸 듣고 있던 황문서는 고개를 갸웃했다.

"와규는 일본산 소 아닙니까?"

그는 책임자이자 팀장이다 보니 영어에 능통했다.

다른 사람들은 미각을 보고 데리고 온 거지만 그는 일을 진행해야 하니까.

"아, 맞습니다. 하지만 이제는 미국이 일본보다 많을걸요, 하하하."

호탕하게 웃는 주인장.

"네?"

"그럴 겁니다. 일본 와규는 맛있기로 유명하지요. 그래서 와규 품종을 미국으로 들여와서 많이 키웁니다."

노형진이 이해하지 못하는 황문서 팀장에게 설명해 주자 그제야 그는 고개를 끄덕거렸다.

"그런가요?"

"이런 일은 흔합니다. 미국에는 한우를 키우는 곳도 있습니다."

"허……."

"사람들의 입맛은 뭐랄까…… 간사하거든요."

"입맛은 간사하다라……. 이해했습니다."

노형진의 말에 고개를 끄덕거리는 황문서였다.

입맛은 간사하다.

맛있는 집은 홍보하지 않아도 흥하고, 맛없는 집은 아무리 홍보해도 망한다.

인간은 어쩌면 본능적으로 맛있는 것을 추구하는 것인지도 모른다.

"우리로서도 그 부분이 참 곤란하지요."

황문서는 걱정스럽게 말했다.

그럴 수밖에 없다. 자신들이 아무리 잘 가지고 간다고 해도 결국은 해외의 낯선 과자들이다.

한국에서 먹힌다는 보장은 없다.

"그렇지요."

노형진은 그렇게 말하면서 고기를 무심결에 입에 넣다가 벌떡 일어났다.

"왜 그러십니까?"

"아니, 문득 좋은 생각이 났습니다."

"좋은 생각요?"

노형진이 뭔지 알아차렸다는 얼굴이 되자 황문서는 기대되는 듯한 얼굴이 되었다.

"하하하, 그건 나중에 하고 오늘은 고기나 먹읍시다."

잠깐 머리를 스치고 지나간 생각이었지만, 이미 머릿속에서 계획은 착착 만들어지고 있었다.

"아, 또 과자다……."

"우우…… 고기…… 고기……."

"시끄러워. 제대로 고르면 거기 한 번 더 먹으러 갈 거니까 열심히 먹으면서 골라."

"이건 식고문이야."

"해병대에서 제대하고 나면 이런 건 안 당할 줄 알았는데……."

툴툴거리면서 모여 앉은 직원들.

그들은 봉투에 가득한 과자를 와르르 쏟아 내다가 얼굴을 찌푸렸다.

"이건 뭐야?"

"아니, 오늘 담당 누구야? 과자 잘못 사 왔잖아!"

"어? 그러네? 뭐야?"

직원들은 당황해서 황문서 팀장을 바라보았고, 황문서도 당황했다.

거기에는 미국산 과자들뿐만 아니라 한국산 과자들도 있었던 것이다.

아니, 한국 과자가 더 많았다.

"오늘 담당 김아민 씨 아닌가?"

김아민은 황급하게 손을 저었다.

"아니, 저기 이건……."

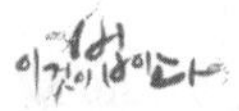

노형진은 그녀가 곤란해하기 전에 그들 사이에 끼어들었다.

"자, 진정하시고 일단 드셔 보세요."

"엉?"

"진정하시고 드셔 보세요. 계획이 있으니까요."

"아니…… 국산 과자야 뭐……."

한국에서도 질리게 먹은 과자들이다.

더군다나 노형진이 사 가지고 온 과자들은 다름 아닌 성화에서 나오는 과자들이었다.

"일단은 먹어 봐요."

"움……."

무심결에 초코 과자를 하나 까서 입에 넣던 김아민의 눈이 동그래졌다.

"오?"

"왜 그래요?"

"이거 한국하고는 맛이 다른데요?"

"오잉?"

김아민의 반응을 보고 과자를 하나씩 입에 넣은 사람들은 하나같이 고개를 갸웃했다.

"왜 이러지?"

한국에서도 제법 유명한 초코 과자다.

그런데 맛이 완전히 달랐다.

"이상하네요."

"우리가 그동안 너무 미국산만 먹어서 그런가? 훨씬 맛있어요."

우걱거리면서 먹는 사람들.

순식간에 사 가지고 온 샘플들이 바닥을 드러냈다.

"다음은 이겁니다."

노형진은 다른 국산 과자를 꺼내 들었다.

당연히 성화에서 만든 것이다.

"움…… 이건 맛은 똑같은 것 같은데?"

"양은 많네요."

다들 그렇게 이야기하면서 먹기 시작했다.

얼마나 양이 많은지 거의 한국산의 두 배 이상 되는 듯했다.

"그럼 이건?"

그러면서 노형진이 또다시 다른 국산 과자들을 건넸다.

사람들과 함께 과자들을 받아먹은 황문서는 노형진에게 질문을 던졌다.

"저기, 도대체 성화의 과자는 왜 사 오신 겁니까?"

"수입하려고요."

"네?"

노형진의 말에 다들 고개를 갸웃했다.

수입하려고 성화 과자를 사 오다니?

자신들은 성화를 타도하기 위해 여기까지 왔다.

그런데 정작 성화의 과자를 수입하자고?

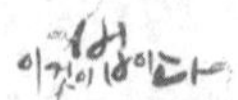

그것도 한국에 있는 과자를?

"솔직히 이해하지 못하겠습니다."

노형진의 말을 이해하지 못한 황문서는 진지하게 물어볼 수밖에 없었다.

"여러분, 일단 순수하게 과자만 보면 어떻습니까?"

"음……."

"맛있기는 하더군요. 미국에 와서 그런가?"

"초코 과자는 맛있는데 이건 양은 많은데 맛은 똑같은 것 같아요."

"아, 이 과자는 브랜드명은 똑같은데 한국에는 없는 과자이네요. 칠리 맛? 하여간 맛있는데요."

다들 긍정적인 얼굴이었다.

노형진은 고개를 끄덕거렸다.

"그럴 수밖에 없습니다. 일단 이 초코 과자의 경우 국산은 준초콜릿이고, 미국산은 진짜 초콜릿이거든요."

"엥?"

"그게 무슨 말이에요?"

"준초콜릿과 초콜릿은 다릅니다."

기본적으로 초콜릿은 코코아 매스와 코코아 버터가 들어간다.

하지만 그러한 코코아 매스와 코코아 버터는 당연히 가격이 비싸다.

그래서 코코아 가루와 팜유로 비슷하게 맛을 낸 것이 준초콜릿이다.

"헐?"

"그럼 한국에서 먹은 건?"

"쉽게 말해서 가짜 초콜릿이죠."

"으엑?"

"와, 너무하네."

다들 발끈했다.

"미국은 이런 쪽으로 규정이 엄격합니다. 준초콜릿이 들어간 과자는 초콜릿이라는 이름 자체를 못 써요. 한국으로 보면 바나나 맛 우유랑 비슷한 거죠. 정작 바나나는 안 들어가지만요."

"음……."

"그러다 보니 여기에서 수출해야 하는 과자는 준초콜릿이 아니라 진짜 초콜릿을 써야 합니다."

"그런데 왜 국산보다 싼데요?"

노형진과 함께 과자를 사 온 김아민은 어이가 없다는 표정이 되었다.

딱 봐도 국산보다 가격도 싼 데다가 양도 많다.

"미국은 질소가 더 비싼가 보지, 뭐."

어떤 남자 직원이 툴툴거렸다.

진짜로 질소가 비싸서 그런 게 아니다.

미국은 음식으로 장난치다가 걸리면 징벌적 배상으로 인해서 엄청난 배상을 해 줘야 할 뿐만 아니라 애초에 판매 허가 자체가 나오지 않는다.

"한국은 아니죠."

"음……."

"하긴…… 질소 이야기는 뭐, 한두 해 전부터 나온 게 아니니."

심각한 경우 포장을 벗기고 나면 과자의 용량은 포장의 20%도 안 되는 경우가 흔한 게 한국 과자다.

그에 반해 미국 과자는 말 그대로 꽉 찬 느낌.

"우리가 고민하는 건 뭡니까?"

"한국 시장에 새로운 과자가 맞느냐는 거죠."

수입한다고 해도 그리고 그게 가격이 싸다고 해도 아직은 낯설다는 거부감이 있기 마련이다.

"그러니까 우리가 성화의 수출용 과자를 역수입해서 파는 겁니다."

"네?"

"그게 가능합니까?"

다들 어리둥절한 얼굴이 되었다.

"법적으로는 문제없습니다. 일단 수출되어서 미국에 도착하는 순간 미국에 있는 유통 업체의 물건이 되니까요. 우리가 역수입해서 하는 게 하등 문제가 없습니다."

"그건 좀 그렇지 않나요, 우리가 결과적으로 성화 매출을 올려 주는 셈인데?"

김아민은 노형진의 말에 고개를 갸웃했다.

역수입해서 다시 한국에서 판다는 건 이상하다고 생각한 것이다.

물론 이상한 건 맞다. 하지만 여기에는 치밀한 함정이 있다.

"이상하기는 하지만 성화로서는 심각한 문제가 될 겁니다. 우리는 돈을 벌려는 게 아니라 성화의 자금줄을 막으려는 거니까요."

황문서는 노형진을 지그시 바라보았다. 감이 온 것이다.

하지만 확실하게 하는 게 좋은지 그는 노형진에게 설명을 부탁했다.

"노 변호사님, 자세한 설명 좀 부탁드립니다."

"그렇지요. 일단 성화의 수익 구조를 봐야 합니다."

성화가 가장 수익을 많이 내는 것은 한국 시장이다.

질소 포장에 적은 양, 싼 재료를 이용하여 한국에서 독점적 지위를 이용해서 마구 팔아먹는다.

"그런데 미국은 그게 불가능하죠."

즉, 단위별 수익이 훨씬 작다는 소리다.

"하지만 우리가 이걸 수입해서 판매한다면 어떻게 될까요?"

"이쪽으로 고객층이 몰리겠군요."

"네."

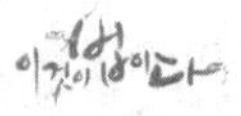

훨씬 질이 좋고 맛도 좋으면 양도 많다.

“하지만 수입 비용이…….”

“아니야……. 수입 비용에는 차이가 없어.”

한국보다 미국이 훨씬 환율이 비싸다.

더군다나 미국 과자들과 싸움을 해야 해서 한국보다 과자의 가격이 싼 것이 현실이다.

“그에 반해서 한국은 사실상 독점 체재야.”

그렇다 보니 터무니없는 이윤을 붙인다.

“우리가 여기서 미국에 수출한 수출용 성화 과자의 가격은 미국 오리지널 과자와 비슷하거나 좀 더 쌉니다. 수입해서 판매한다고 해도 충분히 싸울 수가 있지요.”

아무리 성화라고 해도 독점이 아닌 이곳에서 가격을 호되게 부를 수는 없다.

즉, 가격에 한계가 있다는 뜻이다.

“음…… 확실히 그렇군요.”

황문서도 이제야 이해가 가기 시작했다.

“우리가 성화의 과자를 역수입해서 판매하기 시작하면 당연히 사람들이 이쪽으로 올 테니 성화의 단위당 수익이 많이 떨어지겠군요.”

“아무래도 들어가는 기본적인 비용이 더 비싸니까요.”

누가 비싼 과자를 먹겠는가? 더 싼 과자를 먹지.

더군다나 수출된 과자들은 상당히 성공한 과자들이다.

"역설적이군요."

황문서의 표정이 묘해졌다.

단기간으로 보면 성화의 과자의 판매량은 그대로인 것 같다.

하지만 그게 역수입되어 들어오기 시작하면 자기들의 과자로 인해 자기들의 한국 내 점유율이 떨어지는 황당한 사태가 벌어지는 것이다.

그리고 좋은 재료가 들어가는 미국산 과자 생산량이 늘어나니 당연히 수익은 줄어든다.

"그리고 이 방식을 취하면 좋은 일이 생깁니다."

"좋은 일?"

"미국 내 점유율이 엄청나게 떨어질 거라는 거죠."

"아!"

한국에서 성화의 과자를 역수입하면 당연히 미국 내에 팔 것이 없어진다.

그러면 미국 내에서는 점점 찾아보기 힘들어질 것이다.

그리고 한국보다 훨씬 더 큰 시장인 미국의 점유율은 시간이 지날수록 떨어질 것이다.

"그러면 나중에 다시 들어오기도 힘들죠."

"네."

과자는 버릇이다. 먹는 것만 먹는다.

점유율이 낮아진 과자는 보이지 않으니 판매하기도 힘들다.

"그러면 성화에서 수출하지 않을지도 모르잖아요?"

김아민은 걱정스레 말했다.

그렇게 되면 역습을 실패하기 마련이다.

하지만 노형진은 고개를 흔들었다.

“그럴 수는 없죠.”

“네?”

“첫째, 그렇게 되면 성화는 미국에 진출할 꿈을 버려야 합니다.”

미국에도 거대 유통 업체는 많지 않다.

한국에서야 성화의 과자를 유통하게 해 달라고 매달리는 사람들이 넘치지만, 미국에서는 반대로 성화의 과자를 유통시켜 달라고 매달려야 한다.

“미국에서는 자신들이 유통을 잡고 있지 않기 때문에 갑질을 할 수가 없죠.”

역수입을 하게 되면 당연히 유통 업체에는 수익이 많이 남는다.

사실 수입하고 통째로 다시 한국으로 가게 되면 가운데에 앉아서 수수료만 먹는 셈이다.

“그런 상황에서 수출을 거부하면 어떻게 될까요?”

“찍히겠군요.”

노형진은 고개를 끄덕거렸다.

유통 업체가 수익을 내는데 갑자기 수출을 거부하면 당연히 유통 업체는 좋지 않게 생각할 것이다.

그 후에 성화가 다시 다른 걸 가지고 온다고 한들 수입해 줄 리 없다.

한번 믿음이 사라진 기업과 거래하는 사람은 없기 때문이다.

"그리고 우리 계획대로 한다면 한국 내 점유율은 더욱 떨어질 겁니다. 그렇게 되면 수익을 내기 위해서라도 수출을 늘리는 수밖에 없지요."

"허……."

그러면 다시 그걸 그대로 수입해서 시중에 풀어 점유율은 더 떨어진다.

"물론 경쟁을 위해서는 대룡도 어느 정도 수익을 포기해야 할 겁니다."

듣고 있던 황문서는 피식 웃었다.

"땡전 한 푼 안 번다고 해도 성화에 엿만 먹일 수 있으면 하실걸요?"

"하하하."

사실 대룡의 입장에서는 말 그대로 관련 업무를 하는 사람들에게 줄 임금만 나오면 그만이다.

그러나 성화로서는 그럴수록 점점 손해가 커져 간다.

"살을 내주고 뼈를 취하는군요."

돈은 크게 벌지 못하겠지만 성화의 한국 점유율이 떨어지면 당연히 수익도 팍 떨어질 것이다.

"성화가 이 상황을 벗어나는 방법은 하나뿐이죠."

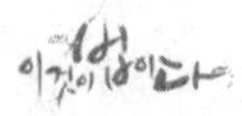

그건 바로 수출용과 국내용의 질과 양을 동일하게 하는 것. 그것 말고는 방법이 없다.

“에이, 성화가요?”

하지만 황문서는 피식 웃고 말았다.

“그 녀석들이 미쳤다고 동일하게 만들겠습니까?”

만일 동일하게 만든다고 하면 자신들의 계획은 의미가 없다. 도리어 수출입 비용이 더 들어서 적자가 될 것이다.

“하지만 그런다고 해도 우리는 손해 보는 게 없지요.”

성화는 동일하게 만든다고 하면 원가 상승 때문에 어쩔 수 없이 수익률이 낮아질 수밖에 없다.

그에 반해 대룡은 어차피 과자를 수입하는 부서가 있다. 거기에 스무 명 정도만 더 붙여도 역수입에는 문제가 없으며 동일하게 만든다고 하면 그들은 다른 동남아나 유럽 쪽 수입에 치중하면 된다.

“이거 완전 재미있게 되어 가는데요?”

노형진의 계획을 들은 황문서는 길길이 날뛸 성화를 생각하고는 피식거리기 시작했다.

밀어내기? 내가 밀어 줄게

"수입을 하기는 했는데……."

유민택은 걱정스러운 얼굴이 되었다.

수입을 하기는 했다.

하지만 정작 중요한 유통 라인은 전혀 가지고 있지 못했던 것이다.

"자네가 무슨 마법사처럼 유통 라인을 만들어 낼 수 있을 거라고 생각하긴 했지만, 정말 그게 가능하겠나?"

기본적으로 유통 라인을 만드는 것은 무척이나 힘든 일이다.

짧게는 1년, 길게는 몇 년씩 전 회사가 매달려서 만드는 것이 유통 라인인 것이다.

그런데 노형진은 일단 과자만 수입하면 그 후에 유통 라인을 가지고 올 수 있다는 말을 한 것이다.

"네."

"아니, 어떻게?"

"글쎄요. 제갈량 흉내라도 내 볼까요?"

"제갈량 흉내?"

유민택은 이게 또 무슨 소리인가 하는 얼굴이 되었다.

제갈량이 누군지 모르는 사람은 없다.

그런데 어떻게 제갈량 흉내를 낸단 말인가?

"삼국지에서 보면 제갈량이 오나라에서 화살을 받아 오는 장면이 있지요. 그러니까 성화로부터 받아 오면 됩니다."

"헐? 자네 지금 제정신인가?"

유민택은 노형진의 말에 기가 막혀서 말이 나오지 않았다.

"성화가 미쳤다고 유통망을 공유하겠나?"

"제가 왜 공유합니까?"

"엉?"

"공유하는 게 아니라 그걸 가지고 온다니까요."

"아니, 그러니까 그게 무슨 말이냔 말일세. 그게 가능할 리 없지 않은가? 유통망이 무슨 물건도 아니고 집어 온다고 그만인 게 아니지 않은가?"

"집어 오면 됩니다."

"돈은 얼마나 드나?"

"글쎄요? 그다지 많이 들지 않을 거라 생각합니다. 전국망을 다 확보하는 데 대략 10억 내외라고 생각합니다."

"고작 10억? 아니, 그걸로 전국 유통망을 집어삼킨다고? 그게 가능해?"

"가능합니다. 설마 돈을 준비하지 않으셨습니까?"

"지금 장난하나? 우리는 대룡일세. 자네가 혹시나 실패할 때를 대비해서 올해 유통망 구성 비용으로 60억을 책정해 놨네."

"헐."

노형진은 깜짝 놀랐다.

무슨 요술 방망이도 아니고 60억이 튀어나오다니.

'하긴…….'

요 근래 성화는 대룡과 싸우면서 상당한 이득을 남겼다.

더군다나 한국에서는 정치인 한 명에게 들어가는 뇌물만 수십억인 경우가 흔하다.

미래의 모 검사장의 경우 그가 받은 뇌물의 액수가 100억 원대였다.

그런데 그의 직책은 검사장으로 검사 세계에서 높은 편이기는 하지만 정치인보다는 낮다.

그러니 정치인에게 갈 뇌물이 얼마나 많겠는가?

"다행이네요. 안 되면 제가 빌려 드려야 하나 했거든요."

"그런데 그게 가능한 건가? 60억이면 전국 유통망은 못 만드네. 아슬아슬한 정도야."

노형진이 말한 유통망을 성화로부터 가지고 온다는 소리

는 유민택의 입장에서는 완전히 헛소리였다.

성화가 바보도 아니고 자기네들이 수십 년에 걸쳐서 만든 유통 라인을 대룡에게 넘겨줄 리 없지 않은가?

"줄 겁니다."

노형진은 싱긋 웃었다.

"그리고 게거품을 물겠지요."

노형진은 그에게 차근차근 계획을 설명했다.

그 말을 들은 유민택은 자신도 모르게 입을 쩍 벌렸다.

"허……."

"어떻습니까?"

"자네는…… 진짜 천재야."

작전대로 된다면 성화의 유통망은 일순간 무너질 테고, 그 무너진 성화의 유통망은 대룡에게 넘어올 것이다.

성화가 아무리 빨라도 그걸 복구하는 데 두세 달은 걸릴 것이다.

하지만 이미 완성된 유통망인 만큼 대룡은 바로 써먹을 수 있다.

그리고 두 달 정도 성화의 과자가 공급이 끊어진다면…….

'사람들은 돌아선다.'

노형진은 확신하고 있었다.

"하게."

유민택은 노형진의 말에 확신에 찬 듯 고개를 끄덕거렸다.

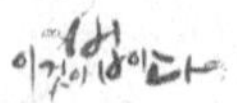

"30억, 아니 60억. 더 필요하면 더 주겠네. 하게!"

"그럼 바로 시작하겠습니다."

그들은 조용히 성화의 중심에 칼을 조준하기 시작했다.

⚖

박문성은 담배를 뻑뻑 피우고 있었다.

그의 눈앞에 있는 재고 목록은 그의 숨통을 조이고 있었다.

'씨발…….'

그가 담배를 피우고 있자 그 옆에 있는 부하 직원이 안타깝다는 듯 그를 바라보았다.

"사장님…… 또 빵구예요?"

"그래, 씨발……. 돌아 버리겠다."

컴퓨터 화면에 적혀 있는 재고들.

그건 그의 목숨을 깎아먹는 괴물이었다.

"이걸 어떻게 팔라는 거야……."

그는 눈물이 갑자기 핑 돌았다.

성화에서 날아온 과자 할당량 이백 상자.

그런데 이 동네에서 한 달 내에 소비할 수 있는 과자의 양은 백 상자다. 그나마도 온갖 행사를 다 했을 때의 이야기다.

"씨발 놈의 새끼들……."

"하아……."

직원도 죽을 맛이었다.

"어떻게, 도떼기시장에 가져다가 팔아 봐요?"

"닝기미…… 그래야 하나……? 또 돈을 어디서 빌리냐……."

눈물이 왈칵 쏟아지는 듯한 얼굴이 되는 박문성.

"내가 이 짓을 괜히 했나 보다."

성화의 과자를 유통한 지 6년. 그런데 늘어나는 것은 빚뿐이다.

그럴 수밖에 없는 게 '밀어내기'라는 고질적인 관행 때문이었다.

'밀어내기'란 쉽게 말해서 본사에서 물건을 강제로 떠넘기는 행동이다.

가령 이쪽에서 필요한 물건이 쉰 개라면 본사에서는 일흔 개에서 여든 개를 떠넘긴다.

만일 거부하거나 저항하면 돌아오는 것은 계약 해지뿐이다. 그렇게 되면 이쪽은 망한다.

그렇다고 주는 대로 받아도 망한다.

남은 재고를 반품한다고 성화에서 받아 주지 않으니, 전부 직접 책임져야 하기 때문이다.

"씨발…… 박스 담아라……."

"아, 개새끼들."

직원도 얼굴을 찡그렸다.

그럴 수밖에 없는 게 이렇게 되면 월급을 못 받기 때문이다.

"미안하다."

"하아, 사장님 마음을 모르는 거 아니니까요. 그래도 그렇지, 씨발 개새끼들."

이번에도 그렇다.

백 개를 주문했는데 성화에서는 다짜고짜 이백 개를 보냈다, 새해이고 하니 물량이 많이 소진될 거라면서.

"개소리하고 자빠졌네."

사실 새해가 되면 도리어 물량은 줄어든다.

다들 여기저기 돌아다니면서 돈을 쓰느라 과자에 들어가는 돈을 줄이기 때문이다.

요즘은 과자를 애들 선물용으로도 안 쓴다.

백 개 주문해 봐야 사실 일흔 개나 나갈까 말까다.

"아예 확 줄이면 안 돼요, 한 서른 개쯤으로? 그러면 두 배로 늘려서 보내잖아요? 그러면 맞지 않아요?"

"나라고 안 그래 봤겠냐? 해 봤다. 그랬더니 영업 사원 이 개새끼가 구라 친다고 전화해서 개지랄을 떨면서 쌍욕을 하더라. 그리고 도리어 백마흔 개로 늘려서 밀어 넣더라."

물론 이쪽에서 주문한 걸 저쪽에서 바꾸는 건 불법이다.

하지만 성화가 어디 그런 걸 신경 쓰는 족속이던가?

그들은 자기들만 돈을 벌면 된다는 식이다.

"젠장."

결국 이렇게 되면 남는 물건은 속칭 도떼기시장이라고 하는 재고 시장으로 넘기는 수밖에 없다.

그런 곳은 정가의 60%만 받고 사 간다.

그 후에 그 물건을 80%의 가격에 시중에 판다.

'씨발…… 이거 자살하는 꼴인데.'

그러니 점점 업주들이 그런 도떼기시장에 가서 물건을 사와 점점 매출은 줄어든다.

하지만 성화는 그와는 아랑곳하지 않고 무조건 내다 팔라고 하고 있었다.

"실례합니다."

그가 그렇게 절망적으로 고개를 숙이고 있을 때 누군가 문을 열고 안으로 들어왔다.

"누구십니까?"

"노형진이라고 합니다."

"노형진?"

노형진은 자신의 명함을 내밀면서 미소를 지었다.

'이 사람이다.'

이 사람은 얼마 후 성화의 '밀어내기'에 대해 폭로하면서 이슈의 중심에 서는 사람이다.

그는 지난 몇 년간 당한 모든 기록을 남기면서 증거를 확보했다가 터트렸고, 그 결과 나라가 발칵 뒤집혔다.

'뭐, 그건 채 3개월도 안 갔지만.'

처음에는 성화에 대한 불매운동이 벌어지기도 했지만 성

화에서 할인 행사를 시작하자 다시 매출은 올랐다.

결국 그는 손해배상을 받기는 했지만 사회를 바꾸지는 못했다.

"변호사?"

노형진의 명함을 받은 그는 고개를 갸웃했다.

자신을 찾아올 이유가 없었기 때문이다.

"사실은 박문성 선생님의 문제를 해결해 드리려고 왔습니다."

"절 아십니까?"

"그냥 좀 압니다."

"내 문제가 뭔데요?"

"밀어내기 아닙니까?"

박문성은 움찔했다.

자신은 노형진을 모른다. 그런데 정곡을 찔렀기 때문이다.

"상자가 많군요. 이거 도떼기시장에 보낼 겁니까?"

"헉."

심지어 과자로 가득한 상자를 보고서 그런 말을 하자 박문성은 깜짝 놀랐다.

"어디서 온 겁니까!"

혹시나 자신이 몰래 증거를 모은 걸 알고 변호사를 보낸 걸까 하는 생각에 그는 자리에서 벌떡 일어났다.

"아, 성화에서 보낸 건 아닙니다."

"뭐라고요?"

"일단 진정하시죠."

노형진은 그를 진정시켰다.

하지만 박문성은 진정할 수가 없었다.

"당신이 누군 줄 알고!"

"전 성화에서 나온 게 아닙니다."

"뭐라고요?"

"성화에서 나온 게 아니라 대룡에서 나왔습니다."

"무슨 개소리야?"

"요즘 대룡과 성화가 전쟁 중이라는 거 아시나요?"

"……."

그는 말하지 않았다. 하지만 성화와 거래하는 사람인 만큼 그런 소문이 있다는 것은 들었다.

"적의 적은 아군이라고 했지요. 여러분이 성화에 당하고 있으니 우리는 아군입니다."

"그걸 어떻게 믿고……."

말끝을 흐리는 박문성.

노형진은 그가 그렇게 나올 걸 알고 있었다.

"그러면 이렇게 하지요."

"어떻게요?"

"밀어내기로 들어온 과자가 상당한 것 같은데, 그걸 대룡에서 사는 걸로 하죠."

"뭐라고요?"

"제가 연락을 넣을 테니 가까운 대룡 영업소 어디에든 가져가면 돈을 줄 겁니다."

"무슨 말도 안 되는……."

"손해 볼 건 없는데요?"

"백스무 개요. 그런데 그걸 사 주겠다고?"

"설마 제가 장난치겠습니까? 전 여기에 있을 건데요. 진짜 장난이라고 하면 손해 보는 건 기름값 정도일 겁니다."

"음……."

저 말대로라면 대룡에서 보냈다는 게 맞다는 말이 된다.

그는 잠시 고민하다가 고개를 끄덕거렸다.

"이 군아, 그거랑 남은 거 다 실어서 보내라. 이번에 팔 것만 빼고 모조리. 어…… 가장 가까운 게 대룡 서비스 센터니까 그쪽으로 보내."

"네?"

이 군이라고 불린 직원은 깜짝 놀랐다.

"그냥 가 봐."

"네……."

이 군은 결국 상자를 바리바리 트럭에 싣고 서비스 센터로 향했다.

노형진은 미리 전화를 한 통 넣었고, 30분 후 박문성의 전화기로 한 통의 전화가 걸려 왔다.

"사장님, 여기 대룡 서비스 센터인데요. 백스무 개 다 샀

어요.”

“다?”

“네, 그것도 정가대로요.”

“뭐? 공급가가 아니고?”

“네, 정가로요.”

일반적으로 여기서 업소에 넘어가는 가격은 공급가라고 해서 싼 가격에 넘어간다. 그런데 정가대로라니.

“어떻습니까?”

“음…….”

박문성은 노형진을 보고는 결심을 굳힌 듯 바로 전화기를 들었다.

“오는 길에 돈 입금시키고 바로 퇴근해.”

“네?”

“바로 퇴근해. 알았지?”

“네.”

이 군은 더 이상 묻지 않았다.

박문성은 노형진을 바라보았다.

“그래서 왜 온 겁니까?”

“대룡에서는 당신을 필요로 합니다.”

“나를?”

“네.”

박문성은 고개를 갸웃했다.

자신은 그저 중간 납품 업자일 뿐이다.

대룡 같은 곳에서 스카우트할 정도로 뛰어난 능력을 가진 사람이 아니다.

“내가 왜 필요한 거요?”

“정확하게는 박문성 씨라는 핑계가 필요한 거죠.”

“핑계?”

“대룡에서는 박문성 씨가 성화에 소송해 주셨으면 하고 있습니다.”

박문성의 얼굴이 딱딱하게 굳어졌다.

“성화에 소송한다는 게 무슨 뜻인지 압니까?”

자신은 계약 해지를 당하고 그들에게 맡겨 둔 예약금을 받지 못한다는 뜻이다.

“그래서 싸움을 준비하시고 있는 거 아닙니까?”

“헉!”

그건 그간 철저하게 비밀로 지켜 왔던 사실이다.

그런데 노형진은 그걸 알고 있다는 사실에 이제는 숨이 넘어갈 지경이다.

“그…… 그걸 어떻게……?”

“저도 정보를 좀 알지요. 사실 할 수밖에 없는 상황 아닙니까?”

돈을 벌려고 그리고 먹고살려고 하는 게 사업이다.

그런데 성화와 거래하면 매년 못해도 1천만 원 이상의 손해를 봐야 한다.

심한 경우 2천 가까이 손해를 본다.

그런데도 빠져나갈 수 없는 늪처럼 그들에게 얽매여서 그만둘 수도 없는 것이다.

이 사업을 하는 데 들어간 인건비, 임대료 등을 생각하면 순식간에 피해가 수억 단위가 되기 때문이다.

"하지만……."

성화와 소송한다는 것은 계약을 해지한다는 뜻이다.

그러면 그쪽에 맡겨 둔 보증금 1억 5천도 찾을 길이 없게 된다.

"무슨 생각을 하시는지 압니다. 하지만 그건 착각입니다."

"착각?"

"네."

"아니, 착각이라는 그게 무슨 말이오?"

"지금 소송하면 보증금을 찾아오지 못할 거 걱정하시지요? 안 그렇습니까?"

"그렇소."

보증금이란 쉽게 말해서 물건에 대한 가격을 담보하는 것이다.

이곳은 성화로부터 물건을 받아서 판 뒤에 대금을 납부하는 식으로 운영된다.

일단 물건을 먼저 받아 오는 거래 구조상 그걸 받고 도망

가면 문제가 되기 때문에 걸어 둔 것이다.

그리고 그 돈을 돌려받으려고 하다 보니 계약 해지도 못 한다.

"그게 성화에서 노리는 겁니다."

"뭐라고요?"

"'소송 = 계약 해지'가 아닙니다. 소송이라는 건 저쪽에 과실이 있으니 그걸 바로잡자는 거지, 내가 당신들과 계약 해지하겠다는 뜻이 되는 건 아니죠."

"소송하면 그쪽에서 당연히 계약 해지하자는 뜻으로 알 거 아니오!"

노형진은 피식 웃었다.

"그러니까 그렇게 착각하게 만드는 거죠."

"착각?"

"계약서에 따르면 박문성 씨가 계약 해지를 요구하면 그 보증금을 포기하는 것으로 되어 있지요?"

"그렇소."

"하지만 만일 소송했다고 저쪽에서 계약을 해지하면 그 계약 해지 요청을 하는 것은 다름 아닌 성화가 됩니다. 그런데 보증금을 주지 않는다는 건 말도 안 되죠."

"하지만 계약서상에는……."

"네, 확실히 계약서상에는 다르게 명시되어 있긴 하지만 이러한 불공정 계약은 법적으로 인정받지 못합니다. 상대방이 대기업이라 정부에서 모른 척했겠지만 이쪽에는 대룡이 있지요. 그러면 법대로 하는 수밖에 없을 겁니다.”

박문성은 뒤통수를 맞은 듯 멍해졌다.

자신들은 그 조항 때문에 이러지도 저러지도 못하고 있었다.

그런데 계약 해지를 한 쪽이 성화라면 보증금을 받아 내는 데 아무런 문제가 없다니?

“그걸 그냥 준단 말이오?”

“그럴 리 없죠, 성화가 어떤 놈들인데.”

“그러면 우리보고 어쩌라고…….”

“그럴 때 써먹으라고 변호사들이 있는 겁니다.”

“음…….”

박문성은 노형진이 무슨 말을 하는지 알 것 같았다.

하지만 결정적인 문제는 그것만 있는 게 아니었다.

“우리가 입을 피해는 그것만이 아니오.”

“이제야 인정하시네요.”

“뭘?”

“방금 우리라고 하셨습니다.”

“아…….”

박문성은 아차 싶었다.

사실 이걸 준비한 건 자신만이 아니다.

자신들 말고도 많은 사람들이 뭉쳐서 준비하고 있다.

다만 철저하게 비밀일 뿐.

"그냥 편하게 말씀하세요, 다 알고 왔으니."

"후우, 다 아는 것 같으니, 뭐 대놓고 말하겠소."

그는 한숨을 쉬고는 툭 터놓고 말하기 시작했다.

"당하는 건 나만이 아니오. 안 당하는 게 이상한 거지."

대기업이라는 말에 속아서 들어왔지만 남은 것은 밀어내기로 인한 빚과 박살 난 자존심뿐이었다.

생존 자체도 불가능한 상황에서 이들이 선택할 수 있는 건 하나뿐이었다.

"증거를 모으기로 한 건 잘하신 겁니다."

"벌써 그것까지 알고 온 거요?"

박문성은 씁쓸하게 웃었다.

"선택 사항이 없었소."

처음에는 항의도 해 보고 원망도 해 봤지만 바뀌는 건 없었다.

소송해 보려고도 했지만 상대는 성화.

자신들이 소송해도 이길 수 있는 능력을 가진 대기업이다.

"솔직히 증거를 들이민다고 해도 과연 이길지……."

그래서 소송할 수도 없었다. 용기가 나지 않았던 것이다.

'하긴, 그럴 수도 있지.'

상대는 성화다.

증거가 아무리 확실해도 소송해 봐야 결국은 뇌물을 적당히 뿌리면 질 수밖에 없다.

'미래에도 언론을 타지 않았다면 아마 이기기는 힘들었을 거야.'

우연한 기회에 언론을 탄 덕분에 이길 수 있었던 것이다.

"그런데 대룡에서는 도대체 우리가 왜 필요한 거요?"

"대룡은 과자 시장에 뛰어들 생각입니다."

"뭐라고요?"

박문성은 고개를 갸웃했다.

과자 시장에 뛰어들려면 공장이 있어야 한다.

그런데 대룡에게 과자 공장이 있다는 소리는 듣지도 못했다.

"도대체 공장도 없는 무슨 과자를 판다는 거요?"

"수입 과자입니다."

"아! 수입 과자!"

수입 과자라는 말에 고개를 끄덕거리는 박문성.

"그리고 그러기 위해서는 영업소가 필요하지요."

"하지만……."

자신들이 계약을 해지하고 대룡에게 가면 당연히 그들에게 맡겨 둔 돈을 받지 못한다. 그렇기 때문에 걱정하는 것이다.

"그러니까 소송을 하시라는 겁니다."

"소송을?"

"네."

노형진의 계획은 좀 복잡했지만 간략하게 보면 소송에서부터 시작된다.

일단 이들은 성화로부터 막대한 피해를 입었다.

그러니 소송할 자격은 된다.

그리고 소송하게 되면 성화의 성격상 보복 차원에서 계약 해지를 하지 않을 리 없다.

"그 후에는 우리와 일하시면 됩니다."

"대룡과?"

"네, 그러면 손해 보는 건 없지요. 솔직히 대룡에 지급한 보증금도 보증금이지만 이 건물에 들어간 돈도 문제 아닙니까?"

"하하하."

맞는 말이다.

박스를 쌓아 두기 위해 준비해 둔 창고와 일부 냉장이 필요한 물건을 위해 준비한 냉장고 등등, 모든 것에 들어가는 돈이 상당히 많다.

만일 계약 해지되어서 나간다면 이 모든 것은 한 푼의 가치도 없는 쓰레기가 된다.

"하지만 대룡과 계약하면 그냥 쓰면 그만이지요."

노형진은 히죽 웃었다.

그렇게 되면 이들이 대룡의 공급 라인이 된다.

'그리고 이들은 이 동네의 모든 가게들과 거래하지.'

말 그대로 소송에 참여한 사람들의 공급 라인은 대룡이 집어삼키는 셈이다.

그뿐만 아니라 다른 이점도 있다.

각 지역은 독점이다. 그게 조건이다.

만일 이들을 계약 해지한다면 성화로서는 한순간에 공급 라인이 끊어지는 셈이다.

'그렇다면 그때가 기회다.'

보통 그럴 때는 주변 다른 공급사가 임시로 공급하지만 대단위로 소송해서 참여한다면 그게 불가능해진다.

그렇게 되면 성화의 과자 공급은 끊어질 테고, 그사이 대룡은 싼 가격에 수입 과자와 성화의 역수입한 과자를 이들을 통해서 뿌릴 것이다.

'다시 판매 라인을 정비하는 데 걸리는 시간은 짧아야 두 달.'

대단위로 나갔으니 정비하는 데 걸리는 시간을 두 달로 잡는다고 하면 그사이 성화의 과자 공급은 급속도로 줄어들 테고, 그러면 사람들은 자연스럽게 대체된 수입 과자로 눈을 돌릴 것이다.

'수입 과자 쪽이 입에 맞을 수밖에 없겠지. 설사 입에 맞지 않는다 해도 싸고 양 많은 역수입 과자를 먹겠지.'

두 달 후 성화가 다시 판매 라인을 복구해서 들어온다고 하더라도 비싸고 양이 적으며 일부 맛까지 없는 과자로 다시 돌아갈 사람은 없다.

"어떻습니까?"

"꿀꺽……."

박문성은 침을 삼켰다. 기회였다.

물론 수입 과자의 능력이 얼마나 될지는 모른다.

하지만 최소한 이대로 당하는 것보다는 훨씬 나은 선택이다.

소송은 말 그대로 극한의 선택.

모든 걸 버리는 상황이 될 수밖에 없는데, 이번에는 대룡이라는 새로운 공급처가 대기하고 있지 않은가?

더군다나 노형진의 말대로라면 순식간에 성화의 점유율을 따라갈 수도 있다.

자신이 생각해도 사람은 싸고 양 많은 쪽으로 쏠릴 테니까.

"그리고 이 조건만 확실하게 전달할 수 있다면 참가하는 사람을 늘릴 수도 있겠지요."

"전달?"

"네, 만일 이 조건으로 고민하는 사람들을 설득한다면 어떻겠습니까?"

"아!"

전국에 성화에 당하고 있는 중계 업자는 한두 명이 아니다.

당장 자신들이 만든 성화중계피해자협의회 멤버만 해도 예순 명이 넘는다.

다른 지역까지 합한다고 하면 수백 명은 될 텐데, 그들은 이런 조건이라면 성화의 눈치를 보지 않고 대룡에 붙을 것이다.

'그러면 성화의 판매 라인은 와장창이지, 으흐흐.'

한 지역도 아니고 전국 단위 판매 라인을 복구하려면 못해도 6개월은 걸린다.

그것도 전폭적인 지지 아래에서 말이다.

하지만 대룡이 바보도 아니고 그걸 놔둘 리 없다.

어떻게 해서든 방해할 테고, 그럴수록 성화의 국내 점유율은 바닥을 치게 될 것이다.

"어떻게 하시겠습니까?"

"으으으……."

박문성은 두려웠다.

하지만 누가 봐도 지금은 절호의 기회였다.

수입 과자라는 확실하지 않은 대상이 걱정이기는 하지만 그런 걱정을 이길 만큼 가격이 싸다.

더군다나 성화에서 성공한 대부분의 과자들이 역수입 형태로 다시 들어온다고 하니 더욱 흔들렸다.

"처음에는 비밀리에 모아야 할 겁니다. 하지만 외부에 드러나는 순간 대놓고 모아도 됩니다."

"꿀꺽……."

그는 한참 침묵을 지키면서 고민했다.

하지만 결론은 정해져 있었다.

'지금 아니면 기회는 없다.'

어차피 이 사업은 하면 할수록 밀어내기 때문에 손해만 늘어난다.

더군다나 소송하는 순간 어차피 이곳에 있는 모든 집기는 쓰레기가 된다.

결국 다른 사람에게 헐값에 넘어갈 것이다.

아마도 자신을 대신해서 성화와 거래하는 인간이 될 가능성이 높다.

'그러면 그 녀석만 좋은 일 시키는 거지.'

자신이 들인 돈의 반의반도 안 되는 돈으로 이곳의 재고를 집어삼킬 게 뻔하니 그 녀석만 돈 버는 건 당연한 일이다.

일단 초기 비용이 안 빠지니까.

사실 사실 그것도 밀어내기의 목적이라는 걸 그들은 몰랐다.

이들이 밀어내기를 버티지 못하고 나가면 성화와 친밀한 사람이 그 가게를 날로 먹다시피 해서 성화와 영업하는 것이다.

어차피 그들은 창고비나 냉장 시설 등 비싼 돈이 들어갈 게 없으니 마음 편하게 장사할 수 있게 되는 것이다.

'하자.'

그런 사실을 알든 모르든 기회는 지금뿐이라는 것을 그는 느끼고 있었다.

"하겠습니다."

그가 마음을 결정하자 노형진은 손을 내밀었다.

"결정 잘하셨습니다."

그 손을 잡으면서 박문성은 입을 열었다.

"지금부터 우리는 동지입니다."

"동지가 아니라 동반자입니다. 그게 대룡의 모토지요."

"동반자라……."

박문성은 계속 그 말을 중얼거렸다.

⚖

"뭐라고?"

김두만은 어이가 없는 말에 기가 막혀서 다시 반문했다.

"그 버러지들이 지금 우리한테 소송을 걸었다고?"

"네, 그들은 밀어내기에 따른 손해를 배상하라고 소송을 걸었습니다."

"이 새끼들이 미쳤나?"

자신들이 먹고살 수 있게 은혜를 베풀었는데 소송을 했다는 말에 김두만은 얼굴이 사정없이 일그러지기 시작했다.

"몇 놈인데?"

"서른 명쯤 됩니다."

"무시해. 그딴 버러지들이 꿈틀거린다고 우리가 일일이 대응해야겠어?"

버러지는 버러지일 뿐이다.

지렁이도 밟으면 꿈틀한다고 하지만 그래 봤자 지렁이일 뿐인 것이다.

"마냥 무시할 수는 없습니다만……."

"내가 바보야? 그동안 왜 돈을 들여서 판사를 관리했는데?"

"아…… 알겠습니다."

"이거 성화가 이제 다 죽어 가는구먼."

김두만은 짜증스럽게 말했다.

요 근래 성화를 만만하게 보는 인간들이 많다는 것을 느끼고 있었다.

그동안 벌인 대룡과의 싸움마다 결과가 좋지 않았던 것이 문제였다.

"형이나 화자가 문제야. 언제까지 이런 문제로 싸우자는 거야?"

화자가 제대로 일하지 못해 대룡과의 문제가 시작되었다. 그런데 거기에 김두필이 제대로 처리하지 못해서 상황이 이 지경에 이른 것이다.

"그러니까 미리미리 처리해야 할 거 아냐?"

자신이라면 이 지경이 되도록 놔둘 리 없다고 김두만은 생각했다.

"그냥 밟아 버려."

그는 그렇게 말했다.

그리고 그의 말대로 성화제과는 철저하게 피해자들을 무시하기 시작했다.

⚖

"역시 그렇군요."

노형진은 성화의 행동을 보면서 피식 웃었다.

당연하다면 당연한 일이다.

대기업은 절대로 먼저 사과하지 않는다.

대기업이 사과하는 순간은 단 하나, 언론의 질타를 받아서 욕을 먹을 때뿐이다.

그리고 그 사과는 절대 진심이 아니다.

'지난번에도 그랬지.'

회귀 전에도 언론에 이런 일이 터졌을 때 성화는 간이고 쓸개고 다 빼 줄 것처럼 사과했다.

하지만 좀 잠잠해지는 듯하자 바로 얼굴에 철판을 깔고 피해자들을 명예훼손으로 고소하고 무차별적으로 압류를 걸었으며 재심을 신청해서 사건을 뒤집으려고 시도했다.

"애초에 저들은 이런 사건을 예상하고 있을 거란 말이죠."

"뭐라고 했소? 예상?"

박문성은 깜짝 놀랐다.

자신들은 오랜 시간 동안 고민하면서 결정한 것이다.

그런데 성화가 그걸 예상했다니?

"성화니까요. 아니, 성화뿐만 아니라 우리나라 대기업은 뭔가를 할 때 기본적으로 소송을 예상합니다. 그렇기 때문에 막대한 돈을 들여서 판사들을 관리하는 겁니다."

"판사들까지 매수했단 말이오?"

"뭐, 당연한 거 아닙니까?"

"한두 명도 아니고 그걸 어떻게?"

"계약서 안 보십니까? 만일 두 당사자 간에 분쟁이 있을 경우, 특정 재판정을 관할로 한다는 말이 왜 들어간다고 생각하시는 겁니까? 설마 그게 그냥 가까워서 하는 거라고 생각하신 건가요?"

"아……."

물론 가까워서 하는 것도 사실이다.

판사들을 관리하기 힘든 작은 기업들은 회사 부근으로 재판정이 있어야 업무 방해가 덜되기 때문에 그렇게 가까운 곳으로 설정한다.

하지만 대기업은 목적이 다르다.

대기업의 경우 각 지역마다 지점이 있고 계열사가 있다.

그런데도 꼭 특정 지역만 선호한다.

"그곳에 있는 판사들을 관리해야 하기 때문이죠."

"……."

박문성은 입을 다물었다.

설마 그렇게 미리 준비하고 있을 거라고는 생각도 못 했던 것이다.

"그리고 기본적으로 그들이 선택하는 곳은 승진 코스라 불리는 곳입니다."

"승진 코스?"

"네."

강원도에서 판검사 노릇을 한 사람은 서울에서 한 사람보다 승진할 확률이 훨씬 낮다. 당연히 서울에 있는 판사들을 관리해야 그들이 승진했을 때 도움을 받기 쉽다.

"솔직히 이런 사건은 말입니다, 순수하게 법적으로 싸우면 못 이깁니다."

"크……."

그때도 언론에 터지기 전에는 엄청나게 밀리던 상황이었다.

하지만 언론에 터지면서 상황이 반전된 것이다.

"그러면 이제 와서 어쩌자는 거요!"

이미 이길 수 없는 싸움이라고 하면 소송한 당사자들로서는 당황스러울 수밖에 없다.

물론 이기든 지든 대룡이 뒤에 버티고 있으니 문제가 될 건 없지만, 그렇다고 해도 소송에서 지면 자신들에게 타격이 될 수도 있다.

어쩌면 저쪽에서 역소송을 걸어서 자신들에게 피해를 줄 수도 있다.

"이럴 때 쓰라고 언론이 있는 겁니다."

노형진은 싱긋 웃었다.

—이봐요. 이렇게 말이 밀어내면 어쩌란 말입니까?

—그건 내 알 바 아니지. 알아서 해 팔아먹든 국을 끓여 먹든 갖다 버리든 돈만 가져오면 된다고.

—아니, 한 달 사이에 어떻게 4천을 가지고 오란 말입니까?

—내 알 바 아니라니까. 장기라도 팔아서 가지고 오라고. 아는 장기 매매 업자 소개시켜 줘? 신장 한 짝에 3천만 원이라더라. 그거 팔면 3천은 나오네. 각막도 하나 팔고. 이러라고 신이 두 개씩 준 거라니까.

—지금 그걸 말이라고 하는 겁니까?

—이 씨발 새끼가 뒈지려고 작정했나? 어디다 대고 토를 달아? 죽고 싶어? 어? 어디 버러지 같은 새끼가. 뒈질래? 한번 계약 해지당하고 알거지로 길바닥에 나앉아 볼래?

—지금 협박하는 겁니까?

—협박? 그래, 협박이다, 이 새끼야. 그래서 어쩔 건데? 네가 신고라도 할 거야? 계약서 눈깔 뜨고 안 봐? 계약 해지되면 그 책임은 무조건 네가 지게 되어 있다고. 어디서 상전이 누군지도 모르고 기어올라?

—하지만…….

—아, 하지만이고 자시고 입 닥치고 있어라. 알거지 되어서 길바닥에서 질질 짜지 말고. 아, 그리고 이번에 새해가 되었는데도 너, 인사도 안 오더라.

—인사할 여력이 어디 있습니까! 당신들이 작년 말에 밀어낸 거 감당하느라고 죽을 맛인데!

—내 알 바 아니라니까. 인사도 안 오고 너, 이런 식으로 할래?

—그건 미안합니다…….

—미안하면 떡값이라도 내놔 봐. 아, 그리고 얼마 전에 회사에서 판매 장려금이라고 나간 1,500만 원 있지? 그것도 토해 내. 두 개 합쳐서 2,500만이면 되겠네.

—뭐라고요? 그게 무슨 말입니까! 판매 장려금은 말 그대로 이쪽에서 영업용이나 홍보용으로 쓰라고 주는 거 아닙니까? 아니면 판촉 직원 행사 임금으로 주거나요! 그런데 그걸 내놓으라고 하면 우리는 판촉을 뭐로 하라고요!

—시끄러워! 회사가 하라고 하니까 그냥 내놔. 위에서 쓸 일이 있다잖아!

—좋아요. 그건 어차피 못 받은 돈 셈치고 돌려준다고 하고. 무슨 떡값을 1천만 원이나 요구합니까!

—이 새끼야! 이게 나만 좋으라고 하는 짓이야? 나도 위에 떡값 좀 뿌려야 이 자리에 있지! 그래야 네놈 모가지도 살고! 안 그래? 어디 한번 계약 해지당해 볼래?

듣고 있던 안기부는 어이가 없어서 입이 떡 벌어졌다.

인터넷 언론사 모임의 수장을 하고 있는 그조차도 이런 황당한 사건은 듣도 보도 못했기 때문이다.

"이게 성화의 영업 사원이라고요?"

"네."

"깡패나 조폭이 아니고요?"

"영업 사원 맞습니다."

"아니, 어떻게 이런 놈이 성화의 영업 사원으로 들어갔대요?"

"들어간 게 아니라 이렇게 변한 거겠죠."

"으음……."

어찌 되었건 성화는 국내 굴지의 대기업 중 하나다.

아무리 영업 사원이라고 하지만 조폭이나 깡패를 넣지는 않았을 것이다.

그런데 그가 하는 말은 깡패, 그것도 아주 질이 나쁜 깡패가 하는 말이었다.

"허…… 빚진 것도 아닌데 장기를 팔아서 내놔라……."

안기부는 그 말을 곱씹으면서 고개를 흔들었다.

"아주 개판이네요."

"개판이죠. 그래서 가지고 온 거고요."

그냥 싸우면 절대 못 이긴다.

성화에서는 매년 수억을 들여서 판사들을 관리한다.

그런데 판사들이 성화에 유리한 판결을 해 주지 않을 리 없다.

"어떻습니까? 언론에 뿌릴 만한 가치가 있겠습니까?"

"가치요?"

안기부는 피식 웃었다.

"이만한 떡밥은 듣도 보도 못했는데요."

사건 자체도 흥미롭고 이런 녀석의 행동도 흥미롭다.

더군다나 요즘 사람들은 이런 기업을 별로 안 좋아한다.

상식적으로 좋아할 수가 없다.

'문제는 그게 불매로 이어지지 않는다는 거지만.'

다른 나라는 이런 기업이 나타나면 최소한 심각한 타격을 입을 때까지 불매운동을 멈추지 않는다.

하지만 우리나라는 그렇지 않다. 일단 지금이야 시끄럽지만 1년만 지나면 사람들은 다 잊을 것이다.

'그 전에 챙길 것은 최대한 챙겨야지.'

노형진은 속으로 그렇게 생각하면서 안기부를 바라보았다.

"그러면 이걸 터트려 주실 수 있죠?"

"이런 거야 안 주면 내가 찾아가서 달라고 깽판 칠 정도의 사건인데요, 하하하."

안기부는 이런 유의 사건을 좋아한다.

그가 이름을 안기부라고 한 것 자체가 과거 정보 집단인 안기부를 비꼬기 위해 개명했을 만큼 말이다.

"단, 조건이 있습니다."

"조건?"

"언론에는 축약본이 나가겠지만 다른 방식으로는 이 음성 파일을 다운로드할 수 있게 해 주십시오."

"흠……."

안기부는 고개를 갸웃했다.

"네? 왜요? 그렇게 하지 않아도 국민들은 들고일어날 텐데?"

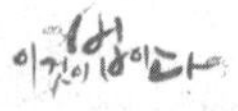

"저쪽에서 뭐라고 변명할지 뻔하거든요."

"변명?"

"축약본을 내보내면 아마도 악마적 편집이라고 하겠지요."

"아."

그런 사건들이 많다 보니 분명히 그렇게 주장할 것이다.

"하지만 완전한 파일을 보내면 그런 소리를 하지 못하겠네요."

"네."

"하지만 그럴 거라면 차라리 피해자들이 공개하는 게 훨씬 좋지 않습니까?"

"그러면 100% 명예훼손이 성립됩니다. 대한민국은 그런 데서 웃기거든요."

"하긴."

대한민국에서는 설사 그게 잘못된 행동이라고 할지라도 공개하면 명예훼손이 성립된다.

물론 공익적 목적으로 말하면 그 책임이 면해지기는 하지만 그걸 증명하는 건 쉽지 않다.

당사자라면 더더욱 그렇다.

"하지만 언론사라면 이야기가 달라지지요."

만일 언론사가 공개하면 공익적 목적을 위해서라는 변명이 통한다. 더군다나 언론의자유라는 막강한 방패가 있다. 그러니 저쪽도 쉽게 명예훼손을 주장하지 못한다.

"만일 벌금이 나오면 그 정도는 제가 내 드리겠습니다."

"뭐, 그렇게 말씀하신다면야."

안기부는 실실 웃었다.

사실 언론사에 명예훼손으로 인한 벌금이 나오기 힘들다.

설사 나온다고 해도 그다지 크지는 않다.

그런데 그걸 노형진이 내준다니 자신들이야 손해 볼 게 없다.

"그러면 잘 부탁드립니다."

"으하하, 부탁이야 우리가 드려야지요. 후속…… 있지요?"

노형진은 싱긋 웃으면서 손으로 동그라미를 그렸고, 안기부는 잽싸게 파일이 있는 USB를 들고 일어났다.

"일어나라, 백수들아! 일할 시간이 왔다!"

"아, 왜 맨날 백수래!"

"월급 받으면서 일 안 하니 백수지! 아니, 도둑놈인가?"

"가장 큰 도둑놈은 총수님이거든요!"

"시끄러워!"

다시 활기차게 돌아가기 시작하는 신문사를 보면서 노형진은 실실 웃었다.

'이번에는 어떻게 나올지 보자고, 후후후.'

노형진은 갑자기 성화의 반격이 궁금해지기 시작했다.

## 갑질의 끝판 왕

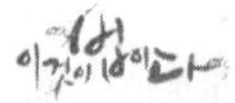

장기까지 팔라는 대기업

우리나라 기업의 민낯

기업인가, 조폭인가?

온갖 자극적인 문구로 도배된 인터넷. 그리고 그걸 보던 김두만은 그대로 모니터를 집어 던졌다.

"지금 일을 도대체 어떻게 하는 거야!"

"죄…… 죄송합니다. 저 녀석들이 이런 증거를 가지고 있을 거라고는 생각도 못 했습니다."

언론을 통해서 새어 나간 녹취록은 사람들을 분노하게 만들기에 충분했다.

"젠장!"

김두만으로서는 당혹스러운 일이었다.

소송하는 건 어려운 일이 아니다.

하지만 이런 상황에서는 판사는 자신들을 위한 판결을 내려 주지 않는다.

모든 언론과 국민들이 판사를 바라보고 있기 때문이다.

"아무래도 오랫동안 증거를 모아 온 것 같습니다."

"이런 버러지 새끼들이……."

그들의 전 재산을 모아도 자신의 한 달 술값도 안 된다.

그런데 그런 녀석들이 자신을 화나게 만들고 있었다.

"어떻게 할까요?"

"일단은 대국민 사과부터 해야지."

그가 아무리 부자라고 하지만 과정을 모르지는 않는다.

어려서부터 후계자 교육을 받아서 이런 상황에서의 대처법은 알고 있다.

"일단 공식적으로 사과하는 척하면서 시간이 지나가게 만들자고."

"그러면 그쪽과는 계약을 유지하란 말씀이십니까?"

"미쳤냐? 당장 계약 해지해야지."

"네? 하지만 방금 사과하라고……."

"사과의 대상은 그 녀석들이 아니라 국민이라고 생각하는 버러지들이야. 그 녀석들은 자기들이 당사자가 아닌데도 사과받을 자격이 있다고 생각하거든."

절대로 당사자들에게 사과해서는 안 된다.

그래야 법적으로 자신들이 유리한 자리에 선다.

이럴 때는 국민을 팔아먹으면 된다.

어지간한 경우 국민들을 팔면 그들은 양분된다.

사과했으니 그만하면 된다는 식으로 보이게 언론 작업을 할 것이다.

'그리고 그들이 서로 싸우게 만드는 거지.'

그러면 자신들은 잊히기 마련이다.

"일단 부사장을 시켜서 사과문을 발표하고 몸 낮추는 흉내 좀 내 봐."

"하지만 이미 매출이 많이 줄었는데요."

"과자 좀 묶어서 싸게 팔아. 그러면 처먹어."

"네? 하지만……."

"어차피 그렇게 팔아도 수익은 남아도는데, 뭘."

"그거야 그렇습니다만……."

워낙 포장만 크고 들어간 돈은 작은 과자인지라 두세 개씩 묶어서 판다고 해도 손해 보는 것은 없다.

"일단은 우리한테 유리한 쪽으로 상황을 이끌어야 할 거 아냐."

"네."

"그러니까 내 말대로 해. 어차피 국민들은 두어 달만 지나면 다 까먹게 되어 있어."

"알겠습니다."

김두만은 자신 있게 말했다.

하지만 그는 몰랐다, 뛰는 놈 위에 나는 놈이 있다는 것을.

그가 배운 후계자 수업의 내용을 다 아는 사람이 그의 행동을 예측하고 있을 거라고는 말이다.

자른다고? 누구 마음대로?

"허허, 참."

유민택은 뉴스를 보면서 혀를 끌끌 찼다.

너무 정석적인 대응이었기 때문이다.

성화는 발 빠르게 국민에게 사과하면서 한편으로는 대리점주들에 대해서 명예훼손과 허위 사실 유포로 고소 고발을 진행했다.

그와 동시에 언론 통제를 하기 위해 막대한 뇌물을 뿌리기 시작한 건 당연한 일.

"그래서 계약 해지 통지가 날아왔다고?"

"네."

"당연한 일이기는 하지."

자신들에게 대항하거나 말을 듣지 않는 사람들과 일할 정도로 성화가 성격이 좋은 기업은 아니다.

더군다나 그들이 소송까지 했는데 그 계약을 유지할 리 없다.

"지금까지는 계획대로로군. 그런데 이번에 소송에 참가한 사람들의 숫자가 너무 적은 거 아닌가?"

사실 이번에 성화에서 이탈하고 이쪽으로 넘어오겠다는 사람들의 숫자가 꽤 된다.

전국에 있는 성화의 대리점 중 대략 3분의 1 이상이 참여의 뜻을 밝혔다.

기밀이 새어 나갈까 봐 조심하느라고 일부만 물어봐서 그렇지, 새론과 대룡이 전면에 나서는 순간 대놓고 물어볼 수 있게 되니, 그때는 3분의 2 이상이 넘어올 거라 예상하고 있었다.

그런데 이번에 참가한 숫자는 고작 서른 군데.

수도권 위주의 몇 개 도시뿐이다.

"너무 많으면 성화가 물러날 테니까요."

"물러난다?"

"네, 생각해 보세요. 아무리 멍청하다고 해도 자기 유통망의 3분의 1이 한꺼번에 날아갈 판국이라면 계약 해지라는 초강수를 꺼내 들겠습니까?"

"하긴, 그렇겠군."

한두 곳 정도야 주변에서 커버가 가능하다지만 3분의 1이

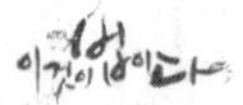

한꺼번에 이탈하려고 한다면 계약 해지라는 카드를 꺼내 들 리 없다.

"하지만 이렇게 조금씩 의사를 밝히면 저쪽은 부담 없이 그 카드를 휘두를 겁니다. 지금처럼요."

"그렇지."

"그렇게 되면 나중에 문제가 생기죠."

나중에 소송을 건 사람들에 대해서도 형평성 문제로 인해서 계약 해지를 할 수밖에 없다.

만일 하지 않게 되면 또다시 재계약 소송에 걸리게 된다.

그리고 한 방에 훅 나가는 것보다 조금씩 나가는 게 체감상 줄어드는 속력이 덜하다.

"그러니까 계약 해지 카드를 마음 놓고 쓸 수 있게 만들어 놨다 이거군."

"네. 그나저나 작업은 다 해 놓으셨습니까?"

"아, 그럼 벌써 끝내 놨지."

노형진의 질문에 유민택은 키득거리면서 웃었다.

"성화 녀석들, 다시 판매 라인을 만들려면 아마 정신이 쏘옥 나갈 거야."

일반적으로 대리점은 자리를 구하는 게 쉽지 않다.

왜냐하면 한 업체의 물건을 독점적으로 유통하는 상황이다 보니 아무래도 엄청난 양의 저장 공간이 필요하기 때문이다.

물론 아예 기업 자체에서 하는 거라면 돈 걱정이야 없겠지만 성화의 경우 대리점 형태로 운영되면서 공급하기 때문에 개인이 직접 구해야 한다.

노형진은 그런 점을 간파하고 있었다.

“분명히 새로운 대리점을 구하려고 할 겁니다.”

“그렇겠지. 하지만 계약만 한다고 되는 게 아니거든, 후후후.”

유민택은 그 점을 예상하고 노형진과 함께 해당 지역에서 많은 물량을 보관할 수 있는 공간을 갖춘 대리점을 모조리 선점했다.

그리고 성화나 성화와 거래하겠다는 사람이 찾아왔을 때 그들과 계약하지 않을 경우 1천만 원을, 그들이 포기하지 않고 계속 접근할 경우 그들이 주겠다는 돈의 30%를 더 주겠다고 약속했다.

대리점주는 개인인 만큼 그 정도의 거금을 구하는 것이 쉽지 않지만, 대룡은 대기업이니 작은 가게의 월세의 30% 정도는 충분히 올려 줄 수 있는 것이다.

“그러면 몇 달간 제대로 공급이 이루어질 수가 없지.”

“그렇게 되면 성화로서도 별수 없지요.”

두 사람은 눈이 반짝거렸다. 특히 유민택의 눈빛에는 안타까움까지 드러나 있었다.

“우리가 전면에 나서는 순간의 그들의 얼굴을 봐야 하는데.”

노형진은 그저 히죽 웃을 뿐이었다.

⚖

“저 새끼가 왜 여기에 있는 거야?”

성화의 변호사인 곽재현은 상대편 변호사의 얼굴을 보고 입을 쩍 벌렸다.

“아니…… 어떻게…….”

그들뿐만 아니라 다른 사람들도 그럴 수밖에 없었다.

재판을 하러 나왔는데 상대방 변호사가 다름 아닌 노형진이었던 것이다.

“이런 쌰앙…….”

곽재현은 등골이 오싹해졌다.

그럴 수밖에 없는 게, 그는 전에 다니던 회사인 청계가 망하고 난 후 울며 겨자 먹기로 성화에 입사해야 했기 때문이다.

청계가 범죄를 설계한 것이 발각되어 망하자 그곳에 다녔던 모든 사람들은 의심을 피할 수가 없었다.

결국 인맥이 있던 몇몇을 제외하고는 대부분 개인 변호사를 하든가 기업 변호사로 가야 했다.

그중 그가 선택한 것은 성화의 법무 팀에 취업하는 것이었다.

‘그런데 어떻게…….’

눈앞에 청계를 날려 버린 장본인이 서 있다.

더군다나 그는 성화와 전쟁하는 대룡을 도와주는 새론의 대표적인 변호사이기도 하다.

"당했구나……."

그는 이를 박박 갈았지만 이미 상황은 늦었다.

재판은 시작되었고 이제 적은 눈앞에 있다.

"계약 해지 처분 취소 소송을 시작하겠습니다."

서기의 말과 함께 시작된 재판.

노형진은 일어나 상대방 변호사를 보면서 싱긋 웃고는 앞으로 나갔다.

"친애하는 재판장님, 이번 사건은 성화 측의 일방적 계약 해지를 취소하기 위해 나선 재판입니다. 성화 측은 합당한 사유 없이 원고 측과의 계약을 해지하였을 뿐만 아니라 그 과정에서 원고 측이 피고 측에 제공하였던 보증금조차도 반환을 거부하고 있습니다. 이에 원고 측은 생계마저도 불확실해졌을 뿐만 아니라 막대한 재산상의 손해를 보게 되었습니다. 이에 원고 측은 피고 측에 계약 해지 처분 취소 소송을 시작하게 된 것입니다. 피고 측은 원고 측과 계약 내용을 성실하게 이행하여 사회적 기업의 바른 모습을 보여 주기를 바라고 있습니다."

노형진의 차분한 공격.

그 모습을 보면서 곽재현은 어리둥절했다.

'도대체 왜 저 녀석이 온 거지?'

대룡이 끼어든 걸까?

그건 무리다.

대룡이 이번 사건과 관련이 있는 것일까?

그렇게 생각할 수도 있다.

하지만 대룡은 식품 쪽에는 전혀 신경도 쓰지 않고 있다.

아니, 쓸 수가 없다. 과자 공장이 없으니까.

"피고 측 변호인, 변론 안 합니까?"

"아…… 죄송합니다."

그는 황급하게 자리에서 일어났다.

노형진의 존재에 대해 너무 신경을 쓰다 보니 정작 변론에 신경을 쓰지 못한 것이다.

"재판장님, 피고 측의 주장은 터무니없습니다. 일단 원고 측이 피고 측에 손해배상 소송을 먼저 걸었습니다. 물론 피고 측 역시 일부 질 나쁜 사원들의 행위로 인해서 원고 측이 손해를 입은 것을 안타깝게 생각합니다. 하지만 이번 사건에 관하여 피고 측은 아무런 잘못도 없음에도 불구하고 원고 측은 피고 측과 아무런 상의 없이 소송을 걸었습니다. 결국 원고 측의 행동으로 인하여 양측의 신의는 완전히 상실되었고 신의성실의원칙에 따라서 행동해야 하는 원고 측이 극단적 선택으로 신의를 상실한 이상 더 이상 그 믿음을 유지할 방법이 없어서 계약을 해지한 것입니다."

노형진은 반박하는 그들을 보면서 피식 웃었다.

'말은 잘한다.'

신의성실의원칙이란 쉽게 말해서 양쪽 다 계약을 제대로

이행하려고 노력하는 것을 믿는다는 약속 같은 거다.

모든 계약은 그 신의성실의원칙을 바탕으로 체결되어야 한다.

누군가 하지 않을 거라는 걸 기본으로 깔면 어떻게 계약한단 말인가.

'하지만 그걸 먼저 깨 먹은 것은 저쪽이지.'

성화는 그런 것과는 상관없이 제품을 밀어내면서 협박을 했다.

그래 놓고 먼저 신의성실의원칙을 꺼내 든 것이다.

"신의성실의원칙은 성화 쪽에서부터 먼저 깨 버렸습니다. 대리점은 말 그대로 성화를 대리해서 판매하는 곳이지, 성화의 재고 처리장이 아닙니다. 하지만 성화 측은 그러한 상황에는 아랑곳하지 않고 소위 '밀어내기'라는 방식으로 무차별적으로 재고를 떠넘겼으며, 이를 처분하지 못하면 보증금을 깎는 등 잔혹한 짓을 일삼았습니다."

과자가 비싸 봐야 얼마 안 한다.

그럼에도 불구하고 무려 1억 5천이나 보증금을 받는 데는 다 이유가 있다.

일단 밀어내기 방식으로 재고를 던져 준 다음에 그 돈을 내지 못하면 보증금에서 깐다.

그렇게 몇 년만 지나면 그들은 그 보증금을 다 까먹고 성화는 이런저런 이유로 그들과 계약을 해지한다.

성화가 대기업이라는 이유로 계약하려고 하는 사람이 넘쳐나기 때문이다.

'결국은 대리점이 아니라 재고 떨이용 희생량.'

그 짓거리를 숱하게 본 노형진으로서는 그들이 '신의성실의원칙'에 대해 이야기하는 것이 어이가 없었다.

"애초에 모든 원인은 일부 사원들이 무단으로 협박하면서 밀어내기를 시도한 탓이지, 성화에 무슨 잘못이 있는 것은 아닙니다. 성화는 상생의 가치를 최고로 치며……."

"풋."

그 순간 뒤에서 들리는 비웃음.

곽재혁은 그쪽을 무섭게 노려보았다.

하지만 그게 누군지 알 수가 없었다.

"상생이란다."

"아버지뻘 되는 사람한테 장기 팔아서 돈 내놓으라고 했으면서 상생이래."

"내 살다 살다 별 웃긴 말을 다 듣네."

방청석에 있는 사람들이 죄다 비웃음으로 가득한 얼굴로 그를 노려보고 있었던 것이다.

"피고 측 변호인, 어서 변론하세요."

'그래, 떠들어라. 이건 이기는 싸움이다.'

저들이 아무리 떠든다고 한들 저 판사는 자신들에게 관리받는 사람이다.

즉, 원고 측이 아무리 노력해도 이길 수는 없는 것이다.

'노형진이라고 해도 겁먹을 거 없어.'

천하의 노형진이라고 할지라도 절대 이길 수 없다고 판단하면서 그는 이를 악물고 변론을 시작했다.

"성화는 상생을 제1의 가치로 함께 살아가려고 노력했습니다. 하지만 그들은 마치 일부가 전부인 것인 양 모든 책임을 아무런 상관도 없는 성화에 뒤집어씌워서 이참에 한몫 단단히 뽑을 셈인 것입니다."

"일부가 아니라 전부입니다. 이번에 참가한 분들은 서른 명 정도입니다. 영업하는 데 있어서 이렇게 많은 피해자가 나올 수는 없습니다."

"이 사건과 관련해서 관련된 직원은 고작해야 열 명 정도입니다. 그들은 이미 해직 처리가 된 이상 성화는 아무런 책임이 없습니다."

"해직했다고 해도 해당 직원이 해당 기업에서 저지른 일에 대해서는 기업이 책임지는 겁니다. 그리고 이번 사건의 원인을 제공한 직원들이 해직 처리가 되었다면 계약을 해지할 이유가 없습니다. 이번 사건의 원인은 전적으로 그들이었다면 그들을 해직한 것으로 계약을 해지할 원인이 해소된 셈인데 어째서 피고 측은 계약을 해지하고도 보증금을 돌려주지 않은 것입니까?"

"계약 해지는 양측의 신의가 상실된 이상 어쩔 수 없는 과정이었습니다. 그리고 보증금에 관한 내역은 이미 계약서 내용에 포함되어 있습니다. 재판장님, 이 계약서에 따르면 대리점과 계약 해지를 하는 경우, 그 어떠한 경우라 할지라도 그 책임은 대리점주가 진다고 명시되어 있습니다."

계약서를 들이밀면서 자신들은 잘못된 것이 없다고 주장하는 곽재현.

물론 말도 안 되는 소리다.

'법에서 불공정 거래 행위를 막아 둔 걸 모르나?'

불공정 거래 행위란 어느 한쪽에 우월적 지위를 이용해서 상대방에게 심한 타격을 입히는 것이다.

당연히 법적으로 불법이다.

이번 사건의 중요한 이유가 된 밀어내기 역시 불공정 거래 행위로서 불법이며, 또한 이렇게 보증금에 관해서도 자세한 이유도 없이 무조건 일방에게 책임을 지우는 것은 불법이다.

'그래, 다른 사람들한테는 먹히겠지.'

하지만 상대방이 개인이며 또한 아무것도 모르는 사람들이라면 먹혔을 것이다.

그러나 노형진에게 그런 말도 되지 않는 개소리가 먹힐 리 없다.

"피고 측의 계약서 내용은 원고 측도 확인했습니다. 하지만 그 내용상 문제가 많더군요. 해당 계약서 사본을 공정거래위원회에 문의한 결과, 사본 내에서 총 백스물한 개 조항이 현행 공정거래법 위반으로 판단되었습니다. 해당 계약서 내용의 조항의 수는 총 백여든네 개. 계약서상의 대부분의 내용이 현행법상 불법 조항으로 개설되었고 아무리 사인간(개인 대 개인을 뜻하는 법률 용어) 계약이라 할지라도 불법적으로 이루어지는 계약은 아무런 효과도 없습니다. 대법원 판례 2005 다 ○○○○호에 따르면 이런 경우 계약은 원천적으로 무효라고 볼 수 있습니다."

"흠……."

판사는 곤란한 얼굴이 되었다.

노형진이 대법원 판례까지 들고 나왔기 때문이다.

'그래, 난처하겠지.'

대법원 판례는 법은 아니지만 하위직 판사들에게 절대적 영향을 발휘한다.

사실 법보다 더 강하게 지키기를 요구받는 게 대법원 판례다.

만일 여기서 자신이 그걸 부정한다면 승진에도 영향이 좋지 않을 뿐만 아니라 상급심에 가면 어쩔 수 없이 판례가 뒤집힌다.

"재판장님, 그건 어디까지나 양측 중 일방이 계약 해지를 하고자 할 때 판단해야 할 일입니다. 그런데 이 경우에는 어찌 되었건 기존의 계약을 원고 측 역시 인정하면서 계속 유지하고 있는 이상 그 계약이 설사 불공정하다 할지라도 그 효과에는 아무런 문제가 없다고 생각합니다."

곽재현이 다급하게 변명하자 노형진은 그 부분에 대해 반박했다.

"그러면 피고 측은 계약 해지를 주장하는 상황이니 결과적으로 일방이 계약 해지를 주장하는 상황 아닙니까? 당연히 계약 내용의 불공정성을 따져야 하는 거 아닌가요?"

"그건 의미가 없습니다. 피고 측은 계약으로 인해 이득을 보는 측이니까 당연히 계약 내용의 불공정성을 따질 이유가 없지요."

"이득을 본다라……. 그러면 불공정하다는 것은 인정하는 거네요? 그런데 왜 이득을 보는 계약을 굳이 해지하려고 하는 겁니까?"

곽재현은 아차 싶었다.

결국 불공정 계약을 인정한 셈이 되어 버렸기 때문이다.

"일단 신의성실의원칙을 위반했으니까요."

"그쪽이 불공정하게 계약한 시점에서부터 이미 신의성실의원칙은 상실된 거 아닌가요?"

노형진이 공격할수록 곽재현의 얼굴은 사색이 되고 있었다.

⚖

"이 새끼들아! 지금 제대로 일을 하는 거야!"

상대방이 새론의 노형진을 데리고 왔다는 사실에 김두만

은 길길이 날뛰고 있었다.

이 모든 배후에 대룡이 있다는 의심을 떨칠 수가 없었던 것이다.

"하지만 대룡은 관련이 없을 듯합니다."

비서관은 쩔쩔 매면서 그런 김두만을 진정시켰다.

"뭐? 새론이라고! 더군다나 우리 사건인데 관련이 없다는 게 말이나 돼!"

"그게 방금 전 보고가 올라왔는데, 며칠 전에 박문성을 비롯한 소송 당사자들이 그곳을 찾아갔다고 합니다."

"당사자들이라니? 그 새끼들이 새론을 찾아갔다고?"

"네, 새론을 감시하던 사람들로부터 보고가 왔습니다."

며칠 전 김두만을 비롯한 몇 명이 들어가는 것이 목격되었다는 것이다.

그리고 그 후에 노형진이 나타났다.

"그동안 노형진의 행동 패턴을 봤을 때 이번 사건이 우리와 관련이 있다는 사실을 알고 받아들였을 가능성이 높습니…… 쿠헉!"

보고하던 비서관은 얼굴을 부여잡으면서 바닥을 나뒹굴었다. 김두만이 갑자기 다짜고짜 그의 얼굴에 주먹을 날린 것이다.

"그걸 이제야 보고해? 이 새끼야! 지금 장난해?"

"그게…… 거기서 감시하는 작자들은 박문성을 모릅니다.

그래서 그냥 단순 손님인 줄 알고…… 쿠헉!"

쓰러진 비서관을 발로 차는 김두만.

그는 그렇게 비서관의 배를 퍽퍽 차면서 이를 박박 갈았다.

"망할 새끼, 그 돈을 처먹고 일을 그따위로 해?"

'그러면 어쩌라고.'

비서관은 비명을 속으로 삼키면서 이를 박박 갈았다.

건물 바깥에서 감시하는 것이 성화가 할 수 있는 최선이다.

그나마도 주변을 상시 감시하는 새론의 경호 팀 때문에 쉽지 않다.

'젠장…… 네가 들어가 봐, 이 새끼야.'

수많은 인간들과 수많은 회사들을 감시했지만 새론은 다른 곳과 다르게 무척이나 들어가는 게 힘들었다.

아니, 불가능했다.

내부에 스파이를 넣으려고 하면 매번 걸리고, 어떻게 해서든 안에 사람을 포섭해도 순식간에 발각되어 해고당한다.

앞에 감시하는 사람을 붙이면 경호 팀이 쫓아냈다.

심지어 도청도 시도했지만 매주 도청 검사까지 하는 꼼꼼함 때문에 그마저도 불가능한 상황.

결국 부정기적으로 가서 감시하는 수밖에 없었다.

"젠장……."

비서를 때려눕힌 김두만은 머리를 부여잡았다.

"일단 그 새끼가 대룡 때문에 온 건 아니군."

하긴, 성화가 노형진에게 약한 모습을 보이는 것은 새로운 사실도 아니다.

더군다나 자신들과 악연으로 묶여 있는 노형진이 자신들과 싸울 기회를 피할 리도 없다.

"어떻게 해서든 계약 해지시켜."

"네?"

"꿍꿍이가 있으니까 어떻게 해서든 계약을 지켜 주려고 하는 거 아냐! 노형진 그 새끼가 얼마나 능구렁이인데! 그 새끼가 우리 좋으라고 계약 유지 소송을 하겠냐?"

기존의 노형진의 행동을 보면 그는 언제나 자신들보다 세 수나 네 수쯤 앞서가는 인간이었다.

그런 녀석이 계약 해지 소송을 한다면 노리는 바가 있다는 뜻이다.

"절대로 계약 해지시켜."

"그러면 다른 녀석들은요?"

"다른 녀석들?"

"조금씩 이탈하는 업체들이 생기고 있습니다."

"무조건 해지시켜."

"네에?"

"어차피 쉽게 구할 수 있잖아! 괜히 계약 유지시켰다가 내부에 스파이라도 심으면 어쩔 거야?"

"……."

맞는 말이다.

노형진에게 도움을 받아서 계약을 유지시킨 인간들이라면 당연히 노형진과 친밀해진다.

그러면 당연히 내부에 적을 두는 셈이 된다.

"알겠습니다."

"노형진과 조금이라도 선이 닿은 놈은 한 놈도 남겨 두지 마."

박문성은 이를 빠드득 갈았다.

⚖

김두만이 그렇게 분노를 내뿜고 있을 때, 노형진은 박문성과 함께 성화의 창고에 찾아가고 있었다.

"뭐야?"

그들이 도착하자 창고에 있던 직원들은 잔뜩 긴장한 얼굴이 되었다.

그럴 수밖에 없는 게 노형진의 뒤에 보이는 사람들은 누가 봐도 압류관들이었기 때문이다.

"당신들 뭐야!"

"뭐긴요. 압류하는 사람들이지."

"아니, 왜 당신들이 온 건데?"

"가압류하러 왔습니다."

"가압류?"

노형진의 말에 다들 어리둥절했다.

"현재 이분들은 성화와 계약 해지 처분 취소 소송을 하고 있습니다. 그와 동시에 권리금 반환 소송도 진행하고 있지요."

"그래서요?"

"그 권리금을 받아 내기 위해서는 일단 담보할 게 있어야 하지 않겠습니까?"

"담보?"

"네."

노형진은 히죽 웃었다.

그리고 뒤에 있던 압류관들에게 눈치를 줬다.

"하아."

압류관들은 한숨을 쉬면서 앞으로 나갔다.

하지만 법적으로 하등 문제가 없는 상황이다.

아무리 자신들이 하기 싫다고 해도 가압류를 하지 않을 수는 없다.

'사이에 끼지는 않겠지.'

상대방이 성화라는 사실에 그들은 약간 주저했지만 일단은 압류하기 시작했다.

"뭐 하는 겁니까!"

딱지를 붙이기 시작하자 얼굴이 사색이 되는 성화의 직원들.

"보다시피 압류하고 있지요."

"아니, 왜 과자를 압류해요!"

"당연한 거 아닙니까? 이런 기계는 살 사람이 한정되어 있지요. 한국에서 이런 기계를 살 사람은 얼마 되지 않습니다. 그러면 차라리 현금화가 쉬운 과자를 압류하는 게 당연한 거죠."

사람들은 입을 쩍 벌렸다.

"자, 빨리 가압류하세요."

압류관들은 서둘러서 움직이기 시작했고, 법원의 명령서를 본 직원들은 아무것도 할 수가 없었다.

⚖

바로 다음 날부터 주요 도시를 기점으로 문제가 생기기 시작했다.

과자는 상당히 소비가 빠른 물건이다.

그런데 그 과자가 다 소비되었는데 공급되는 게 없었다.

납품 업자들은 소송 중이라 과자를 넣을 수가 없었고, 공장은 가압류 상태라 과자를 줄 수가 없었다.

가압류된 물건은 마음대로 처분할 수 없기 때문이다.

"그런데 왜 하필 과자인가?"

유민택은 어리둥절한 얼굴로 물어봤다.

돈 될 만한 것이 한두 개가 아닌데 과자라니?

과자는 크기에 비해 가격이 싼 편이다.

소송 당사자가 서른 명이니 1인당 1억 5천만 원만 해도 45

억이다.

그걸 과자로 압류하면 거대한 산만큼 쌓일 것이다.

"슬슬 우리도 잇속을 챙겨야지요."

"잇속을?"

"뭐, 우리가 대리점을 위해서 일하고 있기는 하지만 우리의 궁극적인 목적은 성화를 퇴출시키는 거 아닙니까?"

"그렇지."

"그러니 일단 입맛을 바꾸게 해야지요."

"그러니까 과자를 못 풀게 해서 못 먹게 하겠다 이건가?"

"네."

노형진의 말에 유민택은 피식 웃었다.

"하여간 빈틈이라고는 안 주는구먼."

"하하하."

물론 성화에서 황급하게 가압류 취소 소송을 내기는 했다.

그렇다면 특이한 일이 없는 한 통과될 테니 얼마 지나지 않아 가압류가 풀릴 것이다.

"그러면 우리는 다시 압류하면 그만이지요."

"허가가 안 날 텐데?"

"상관없습니다. 우리의 목적은 성화를 더욱 화나게 하는 거니까요."

"하긴."

자신들의 목적은 성화가 계약을 해지하게 하는 데 있다.

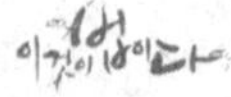

만일 여기서 극적으로 타결된다면 대룡의 입장에서는 남 좋은 일만 시키는 것이 된다.

"하지만 이제 타결은 물 건너갔을 겁니다."

자존심을 건드렸으니 성화는 절대로 물러나지 않을 것이다.

"그리고 그때가 우리가 역습할 시점이지."

유민택은 곧 다가오는 그때가 기대되는지 연신 손을 비비고 있었다.

하긴, 그들의 본진이나 다름없는 제과 쪽에 타격을 입히는 건 처음이니까.

"김일성 회장의 얼굴을 보고 싶어지는군, 후후후."

⚖

이우열은 당황했다.

회사에서 잘린 지 얼마 되지도 않았는데 그의 앞으로 배임 및 업무상 횡령 그리고 공갈 협박으로 고발이 들어왔기 때문이다.

"아니…… 이게……."

그는 당황해서 어쩔 줄 몰랐다. 자신이 무려 4억에 가까운 돈을 횡령했다는 것이다.

"형사님, 전 진짜 억울하다니까요."

그는 눈물을 뚝뚝 흘렸다. 하지만 형사는 들은 척도 하지 않았다.

"다들 억울하다고 하지. 그런데 그러면 그 돈은 어디로 갔는데?"

"모른다고요."

"장난하나? 한두 푼도 아니고 4억이야, 4억. 그 돈이 어디 갔는데?"

"전 모른다니까요."

그는 억울해서 죽을 맛이었다.

"공갈 협박은 인정하면서 횡령은 인정하지 않는다는 게 말이나 돼?"

"하지만 그 돈은 다 과장님께 드렸다고요!"

문제의 돈은 속칭 지원금이라고 하는 돈이었다.

일단 공갈 협박이야 떡값을 내놓으라고 해서 받는 돈이니 부정할 수는 없다.

하지만 지원금은 다르다.

공식적으로 성화에서 개인 사업자인 대리점에 주는 지원 장려금으로 그건 그들이 써야 한다.

하지만 그건 공식적인 거고. 비공식적으로는 그 돈을 그대로 돌려받아서 뇌물로 쓰거나 기업에서 말 못 할 곳에 쓰는 게 관례였다.

그렇게 하면 조용히 비자금을 만들 수 있기 때문이다.

하지만 그들은 생각하지 못한 게 있었다.

"그렇지만 받은 기록은 있는데 그 돈이 어디로 간다는 거야?"

그렇게 받은 돈을 이우열을 비롯한 영업 사원들은 상부에 상납했다.

하지 않을 수가 없다. 자신들이 대리점에게 갑인 것처럼 성화는 자신들에게 갑인 것이다.

문제는 여기에서 발생한다.

"위에 줬다니까요."

"전혀 모른다잖아!"

이들은 그 모든 돈을 위에 줬다.

하지만 지금 성화는 이 모든 사태가 일부 부도덕한 직원들의 행동으로 인해 벌어진 사태이며, 자신들은 그에 대해 잘 모른다는 말로 버티고 있었다.

그렇다는 건 당연히 다시 돌려받은 지원금에 대해서도 부정한다는 뜻이다.

"이야, 간땡이가 부어도 단단히 부었어. 고작 2년 만에 4억? 허허, 참."

"아니에요. 진짜 아니라고요!"

매달리는 이우열. 그러나 너무나 증거가 명확했다.

그런 상황에서 자신이 뭐라고 하든 할 수 있는 게 없었다.

그렇게 조사를 마치고 나온 그는 황급히 함께 해직당한 사람들을 만났다.

그리고 하나같이 공통적인 문제를 가지고 있다는 사실을

알아차렸다.

"다들 고발당한 겁니까?"

"네."

"아니, 왜 우리가 이런 꼴을 당해야 하는 겁니까!"

그들은 회사에서 시키는 대로 했을 뿐이다.

그런데 자신들이 누명을 쓰고 감옥에 가게 생긴 것이다.

"연락 좀 해 본 사람 있어요?"

이우열은 다급하게 주변에 물어봤다.

그러자 그중 한 명이 우울하게 고개를 흔들었다.

"우리는 모르는 일이라고, 알아서 하래요."

"네?"

이우열은 멍해졌다. 그뿐만 아니라 다들 멍한 표정을 지었다.

"그게 말이 됩니까! 우리가 얼마나 고생하면서 충성을 다 했는데!"

그들이 처음부터 그런 건 아니다.

대기업인 성화가 폭력배를 직원으로 뽑은 건 아니니까.

그들도 멀쩡하게 대학까지 나온, 그것도 인 서울급 이상의 대학만 나온 인재들이다.

하지만 그들에게 돌아온 것은 무차별적인 욕설과 폭행뿐이었다.

밀어내기를 하지 않으면 자신들이 당한다는 상황에서 그들은 점차 깡패처럼 행동할 수밖에 없었다.

“우리는 전과를 달고 위 놈들은 우리가 준 돈 빼돌리고, 이게 말이나 됩니까!”

발끈해서 마구 분노하는 그들.

그때 그중 한 명이 조심스럽게 손을 들었다.

“우리가 성화를 고소하는 건 어떻습니까?”

“성화를 고소하자고요?”

몇몇은 움찔했다.

여전히 성화라는 이름에 공포감을 가지고 있었기 때문이다.

하지만 그다음 말에 공포감은 순식간에 사라졌다.

“어차피 우리가 남은 게 뭔데요?”

“…….”

그들에게 남은 건 공갈 협박이라는 피할 수 없는 죄목뿐이다.

그나마도 그건 어찌어찌 집유로 감방에 가지 않을 수도 있겠지만 수억 원의 횡령했으니 그걸 직접 배상하지 않을 수는 없다.

“하지만 무슨 수로요? 방법이 없지 않습니까?”

자신들이 신고한다고 해도 성화는 그걸 덮고도 남는다.

자신들이 공갈 협박하면서 밀어내기를 했을 때 업자들이 신고해 보지 않은 게 아니었다.

하지만 성화에는 그걸 무마할 정도의 능력이 있다.

그런데 자신들이라고 하등 다르겠는가?

다들 우울한 얼굴을 할 때였다.

"그…… 새론은 어떨까요?"

"새론?"

"지금 성화와 싸우는 중 아닙니까? 그들이라면 우리를 도와줄지도 모릅니다. 적의 적은 아군이라고 하지 않습니까?"

"적의 적은 아군이라……."

확실히 새론은 충분히 그럴 수 있는 집단이다.

더군다나 그 뒤에는 대룡이라는 성화의 적이 있다.

그들은 성화에 엿을 먹일 수만 있다면 어떤 것도 서슴지 않을 것이다.

"혹시…… 협상도 할 수 있지 않을까요?"

"협상?"

"고용까지는 안 되겠지만…… 몇 푼이라도……."

다들 입을 다물었다.

지금 이들에게 절박한 건 돈이다.

해직당하고 나서 여기저기 찔러보고는 있지만 자신들이 한 짓거리 때문에 고용하려고 하는 사람이 없었다.

'시간이 지나면 잊히겠지만…….'

그때까지는 버티기 위한 돈이 필요하다.

그리고 그들의 뒤에 있는 대룡이라면 성화를 공격하기 위해서라면 돈 정도는 쓸 것 같았다.

"하지만 무슨 수로요? 우리가 가서 진술한다고 한들 그쪽에서 도와주겠습니까?"

한 명이 조심스럽게 손을 들었다.

"저기, 그 관련된 증거 말입니다. 그게 제게 있는데요."

"뭐라고요?"

이우열은 깜짝 놀라서 그를 바라보았다.

그런데 그뿐만 아니라 다른 사람들 역시 손을 들기 시작했다.

"저도 있습니다."

"나도……."

"아니, 왜……?"

"그들에게 하는 짓거리 봐서는 우리도 이용만 당할 것 같아서……."

그들도 바보는 아니다.

공갈과 협박 그리고 밀어내기가 불법인 걸 모르지는 않는다.

하지만 대기업에 버티고 있으려면 방법이 없었다.

그러나 대리점을 그렇게 쥐어짜는 인간들이 문제가 생기면 가만둘 것 같지는 않았다.

"전 따로 자료를 챙겨 둔 게 있습니다."

"저 같은 경우는 따로 챙긴 건 아니지만……."

야근뿐만 아니라 툭하면 퇴근 후에도 집에서 일해야 했기 때문에 관련 자료나 프로그램이 집에 있다는 것이다.

"그거면 협상해 볼 수 있지 않을까요?"

그들은 침을 꿀꺽 삼켰다.

이우열은 그들을 보다가 결심한 듯 말을 꺼냈다.

"그러면 바로 움직이죠."

"바로?"

"우리가 그런 증거를 가지고 있는 걸 알면 성화에서 무슨 짓을 할지 모르지 않습니까?"

다들 움찔했다.

"그리고 그 증거를 내놓으면 혐의를 벗을 수 있을 테니까요."

다들 고개를 끄덕거렸다.

"증거를 가지신 분은 내일까지 증거를 모아서 여기로 와 주세요."

그들은 그렇게 말하고 뿔뿔이 흩어졌다.

그러자 그중 한 명이 다른 사람들이 사라지고 난 후 다른 방향으로 다가갔다.

그곳에는 한 대의 차가 서 있었다.

"수고했습니다."

노형진은 그를 보면서 씨익 웃었다.

"시키는 대로 했습니다. 확실한 거죠? 확실히 대룡에 입사시켜 주는 거죠?"

"그럼요."

노형진은 퇴직당한 사람들 중에서 가장 다급한 사람에게 접근했다.

이 남자의 경우 아들과 딸이 대학에 다니고 있고 집의 융자금도 20년이 넘게 남았다.

이직하지 못하면 파산을 면하지 못할 상황인 것이다.

노형진은 그 점을 이용해서 그에게 미끼를 던졌다.

만일 사람들을 선동해 준다면 대룡에 입사시켜 준다고.

'역시나.'

아니나 다를까, 성화가 어떤 곳인지 알고 있는 그들 중 일부는 증거를 쥐고 있었던 것이다.

몇몇은 퇴근 후에도 일해서 그 기록이 집에 남아 있었다.

'뭐, 이 사람도 좋은 자리에는 못 가겠지만.'

아무리 자신들과 거래했다지만 그가 했던 짓이 있으니 그는 좋은 자리에는 못 갈 것이다.

당연히 승진도 힘들 것이다.

'나와는 상관없지.'

노형진은 씩 웃었다.

어찌 되었건 성화가 밀어내기를 주도적으로 진행했다는 것을 증명할 수 있게 된 것이다.

그리고 남은 것은 이제 하나뿐이다.

'대룡이 전면으로 나설 차례군.'

그리고 성화에는 이제 악몽이 시작될 시점이었다.

# 크리티컬 히트

"의외입니다."

노형진은 마무리 준비를 하고 난 후 생각지도 못한 소식에 고개를 갸웃했다.

"뭐가 말인가?"

"성화의 직원을 고용한 거 말입니다."

"아, 그거?"

유민택은 노형진의 말에 히죽 웃었다.

성화의 직원들은 선동하도록 짜긴 했지만, 그냥 돈푼이나 받고 그들에게서 증거를 받을 거라 생각했던 노형진과 다르게 유민택이 그들을 전부 고용했기 때문이다.

"뭐, 몇 가지 이유 때문에 그런 거지."

"평이 좋지 않을 텐데요?"
"어차피 사람들 기억이 얼마나 가겠나."
"그렇기는 합니다만. 그런데 그 이유가 뭡니까?"
"여러 가지 이유지. 첫째, 그들은 싸거든. 우리는 과자 쪽은 처음 진출하네. 이쪽 일을 해 본 사람이 필요하지. 경력직을 고용하려면 비싸거든."
"허."
유민택은 그들을 신입 자격으로 고용한 것이다.
당연히 그 연봉은 터무니없이 낮아진다. 하지만 그들의 입장에서는 당장 자신들을 받아 줄 곳은 이곳뿐이다.
"두 번째로 그 인간들은 성화라면 이를 박박 갈고 있거든."
"하긴, 그렇게 팽 당했으니 원한을 가지지 않으면 그게 이상한 거죠."
성화에 들어갈 정도면 상당한 엘리트다.
성화도 국내에서 잘나가는 대기업 중 하나니까.
그런데 이렇게 처절하게 팽 당했으니 자존심이 얼마나 상했는지는 충분히 예상이 간다.
"어차피 성화랑 싸우려면 전면에 나서야 하는 놈들이 있으니까."
"이해했습니다."
노형진은 히죽 웃으면서 고개를 끄덕거렸다.
이번 작전이 끝나면 성화는 어떻게 해서든 다시 과자 공급

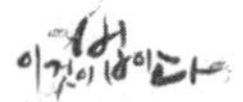

라인을 복구하려고 할 것이다.

하지만 대룡이 가만둘 리 없다. 이미 그걸 방해하기 위한 작전을 짜 둔 상태.

'더군다나 병사가 성화 출신이라면야…….'

성화 역시 어떻게든 복구하기 위해 노력하겠지만, 여기서 싸우는 이들 역시 그들의 작전을 다 아는 성화 출신이다.

지피지기면 백전불태라 했다.

저쪽이 어떻게 나올지 알고 그들에 대한 원한이 깊은데 그냥 두고 볼 리 없다.

'그리고 충성심을 드러내야 하니까.'

사람은 변절하면 더 극렬하게 변한다.

가령 진보주의자가 보수주의자가 되거나 반대로 보수주의자가 진보주의자가 되면 다른 사람들보다 훨씬 더 공격적으로 변한다.

자신의 과거를 부정해서 신임을 얻어야 하기 때문이다.

그리고 유민택이 노리는 게 바로 그것일 것이다.

그들은 성화를 밟기 위해서는 몸에 똥칠하는 것을 두려워하지 않을 것이다.

한번 칠해 봤는데 뭐가 두렵겠는가?

"잔인하시네요."

"이건 전쟁일세."

노형진은 충분히 이해가 갔다.

“그나저나 자네는 어떤가? 준비가 다 된 건가?”

“그럼요. 아마 조만간 떡밥을 물 겁니다, 후후후.”

노형진이 판결을 마무리하기 위해 마지막 정리를 해 놨으니 판사는 그걸 피할 수가 없을 것이다.

“젠장…….”

판사는 진땀을 흘리고 있었다.

그의 머릿속에는 수많은 생각들이 뒤엉키고 있었다.

“아무래도 기피 신청을 해야 할 것 같네요.”

노형진이 웃으면서 말하고 있었지만 판사는 웃을 수가 없었다.

‘젠장…….’

성화를 그만둔 직원들이 대룡에 들어가는 것은 예상하지도 못하던 일이었다.

더군다나 그중에 자신에게 접대하던 사람이 있었던 것은 전혀 예상하지 못한 일이었다.

“과연 대룡에서 뭐라고 할지…….”

노형진 마치 안타깝다는 듯 이야기하자 그는 등에 땀이 흘렀다.

‘씨발…… 큰일 났다…….’

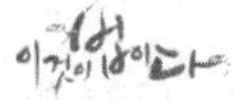

품격 있는 사람이라고 떠벌리던 그가 절로 욕이 나올 만큼 상황이 좋지 않았다.

'이래서…… 선배들이 사이에 끼는 게 좋지 않다고 한 거구나.'

성화에서 주는 돈을 좋다고 받아먹은 것까지는 좋았다.

사실 대룡에서도 몇 번 받아먹기도 했다.

문제는 그들이 전면전으로 치닫게 되면서 이야기가 달라지기 시작했다는 것이다.

'씨발…….'

자신이 성화의 편을 들어 주면 대룡이 그에게 보복할 건 뻔하다.

과연 그런 상황에서 성화가 자신을 지키기 위해 로비할까?

그럴 리 없다.

그렇다고 대룡 편을 들어 주면 반대로 성화에서 보복할 텐데, 그때 대룡이 지켜 줄 리 없다.

로비하는 건 잘 부탁한다는 의미지, 너를 지켜 주겠다는 의미는 아니다.

'이래서 선배들이…….'

선배들은 만일 대놓고 적대하는 집단이 있으면 절대로 그들로부터 돈을 받지 말라고 했다.

하지만 성화가 로비에 쓰는 돈이 포기하기에는 너무나 많았기 때문에 욕심을 부린 것이 화근이었다.

"이 서류는 바로 접수해 드리겠습니다. 기피 신청은 내일 접수하지요. 그럼 이만."

노형진은 판사에게 보여 주던 사진을 다시 가방에 넣으면서 자리에서 일어났다.

"자…… 잠깐 기다리게!"

"저에게 하실 말씀이 있나요?"

몸을 돌려 그를 바라보면서 말하던 노형진은 피식 웃었다.

'걸렸구나.'

사실 이 사진은 조작이다.

적당히 비싸 보이는 일식집에 대역 배우 두 명을 세우고 컴컴한 저녁에 찍은 거다. 사진은 포토샵으로 입힌 거고 말이다.

'하지만 알 리가 있나.'

한두 번 로비와 접대를 받은 게 아닐 테니 그걸 다 기억하지는 못할 테고, 때마침 대룡이 전면에 나서면서 기존에 있던 사람들이 그곳으로 넘어갔다는 소리까지 들었으니 어떻게 이 사진을 구했는지도 의심하지 않았을 것이다.

"한 번만 봐주게."

"뭘요?"

"이게 드러나면……."

만일 노형진이 이걸 신고하게 되면 자신은 해직당한다.

해직이 문제가 아니다. 재수 없으면 대룡과 성화 양측에서 공격당하게 된다.

'그건 안 돼.'

대룡과 성화 양쪽에서 공격당하는 변호사가 한국에서 성공할 수는 없다.

아니, 성공은커녕 살아남을 수 있을지도 미지수다, 그를 데려갈 로펌이 없을 테니.

"그냥 이번만 물러나 주게. 내 이 은혜는 충분히 갚도록 하겠네."

"그럴 수는 없죠. 재판입니다, 둘 중 하나가 쓰러져야 하는."

"어떻게든 조정하겠네. 그러면 되지 않는가?"

"지금 대룡과 성화의 관계가 조정될 거라 생각하시는 겁니까?"

판사는 입을 다물었다.

'내가 봐도 그건 개소리지.'

다른 사람도 아니고 대룡과 성화의 관계가 조정된다?

그건 말도 안 된다.

"아…… 안 돼……. 뭐든 좋네……. 제발 그것만은……."

부들부들 떠는 판사.

노형진은 그걸 보면서 혀를 끌끌 찼다.

'과도한 욕심이 패가망신을 부르는 법이지.'

만일 그가 한쪽 편만 들었다면 문제가 되지 않았을 것이다.

하지만 양쪽에게서 다 돈을 받았다.

물론 그가 높은 직급이라면 문제가 되지 않았을 것이다.

높은 직급은 스스로 지킬 줄 아니까.

하지만 그는 아직 높은 직급도 아닌데 과도한 욕심을 부렸고, 지금 그 결과가 나타나는 것이다.

애초에 성화는 자신들이 원하는 대로 판사가 배정되었다고 생각했겠지만 대룡은 그렇게 보이도록 놔둔 것뿐이다.

“돈이 필요한가? 돈을 주겠네. 그러면 되나? 원하는 대로 주겠네.”

노형진은 피식 웃었다.

보아하니 노형진에 대해서 전혀 알지 못하는 판사인 모양이었다.

노형진은 비웃음을 날린 것이었지만 그는 그걸 다른 의미로 받아들이고 더욱 적극적으로 유혹했다.

“내가 받은 돈이 5억이 넘네. 그중 절반을 주겠네. 어떤가? 2억 5천은 적은 돈이 아니야.”

노형진으로서는 어이가 없는 말이지만 현재 중요한 것은 그에게 기회를 주는 것이다. 지금 이 순간 그를 파멸시키는 것은 목적이 아니었다.

‘나중에는 모르지만 말이지.’

노형진은 나중에 기약하면서 그에게 썩은 동아줄을 내밀었다.

물론 그건 마치 금동아줄처럼 화려하게 치장되어 있었다.

“그러면 양쪽 다 어느 정도 합의하고 물러날 만한 판결을 내리시는 건 어떨까요?"

"양쪽 다 납득할 만한 판결? 그들은 전쟁 중일세. 그런 게 있을 리 없는데……."

"전쟁을 하는 건 그들이지, 원고는 아니니까요."

"원고는 아니라고?"

"네."

노형진의 말에 고개를 갸웃하는 판사.

노형진은 그에게 다가가서 작게 말했다.

"솔직히 원고들의 입장에서는 돈만 찾아도 다행이라고 하고 있습니다. 하지만 성화는 어떻게 해서든 그들과의 계약을 끝내려 하고 있지요."

판사는 고개를 끄덕거렸다.

"그러니까 원고에게 보증금은 돌려주되 계약 파기는 인정하는 겁니다. 원고들의 입장에서는 포기하고 있던 돈을 돌려받은 셈이니 일단 물러날 테고, 성화는 일단 자신들이 목표로 하던 계약 파기를 이루어 낸 셈이니 인정할 겁니다. 대룡은 당사자가 아닌 만큼 보증금을 성화가 돌려줘야 하니 금전적 피해를 입힌 것에 대해 만족하겠지요."

"아!"

판사는 자신도 모르게 탄성을 질렀다.

그 정도면 모두가 만족은 못 해도 불만은 덜한 정도의 판결이다.

그리고 그 정도면 양측에서 자신을 죽이려고 덤빌 일도 없다.

“좋은 생각일세.”

“후후후.”

노형진은 그의 탁자에 있는 메모지를 집어서 뭔가를 적었다.

“들어오는 건 믿어도 되겠지요?”

판사는 격하게 고개를 끄덕거렸다.

아무리 좋은 생각이라고 하지만 중요한 증거를 노형진이 쥐고 있는 것은 여전하다.

섣불리 약속을 지키지 않을 수는 없다.

“그럼 기대하겠습니다.”

노형진은 판사의 방을 나왔다.

얼마 후 판사의 판결문이 양측에게 날아왔다.

본 사건에서 계약상의 불법 조항, 공정거래법 위반 등으로 인하여 그 계약의 성립에 문제가 있어 보인다고는 하나 양측이 이에 동의한 점등을 미루어 볼 때 계약이 원천 무효라고 볼 수 없다 할 수 있다. 그러나 여전히 공정거래법상의 위반 조항들이 존재하며 이는 현행 법률상 인정될 수 없는 바, 해당 사건에 있어서 권리금은 반환되어야 한다고 봄이 타당하다. 다만 계약의 유지에 관한 건에 있어서는 피고의 주장대로 신의성실의원칙이 상실된 것이 명확할 뿐만 아니라 계약 자체에 있어서 공정거래법상에 인정되는 조항에 대하여 원고 측이 일부 위반을 시인하는 바, 계약의 해지는 정당하다고 볼 수 있다.

노형진은 판결문을 보면서 씩 웃었다. 결국 계획대로 권리금은 돌려받을 수 있었지만 계약 해지는 확정된 것이다.

"자, 그러면 이제 쇼 타임이군요."

드디어 피날레를 준비할 시간이었다.

"젠장…… 손해가……."

김두만은 이를 빠득빠득 갈았다.

계약 해지는 성공했지만 결국 상당한 액수의 보증금을 돌려줘야 했기 때문이다.

"그래도 실질적으로 이긴 거나 마찬가지입니다."

"그렇기는 하지만……."

사실 계약서 내에서 현행법을 위반한 독소 조항이 너무 많았다.

그렇기에 계약이 실질적으로 무효라고 봐도 무방하다.

그렇게 되면 불리한 건 자신들이다.

"일단은 그 녀석들이 관리하던 지역을 주변의 다른 업소에 맡겨서 공급하라고 해."

"네."

"아, 그리고 이번에는 우리 말을 잘 듣는 놈들 위주로 보내. 이번에 계약 해지한 녀석들의 가게를 집어삼킬 수 있겠어?"

"어렵지 않을 겁니다. 그나마 우리가 아니면 그 공간을 쓸 수가 없으니까요."

"집어삼킬 수 있는 곳은 직할로 내려보내고."

김두만은 그렇게 작전을 내리면서 이런저런 계획을 짜기 시작했다.

그때 문이 열리면서 사색이 된 비서 한 명이 황급히 뛰어 들어 왔다.

"사장님! 큰일 났습니다!"

"큰일? 뭔 큰일?"

"다른 녀석들도 소송을 걸어왔습니다."

"그거야 예상한 일이잖아?"

분명히 이번 소송에 자극받은 녀석들이 다시 소송을 거는 건 당연한 일이다.

"전에 말했지? 그런 녀석들은 데리고 있어 봐야 방해만 되는 녀석들이야. 다 계약 해지하고 쫓아내."

"문제가 그게 아닙니다!"

"그럼?"

"대룡이…… 대룡이 과자 시장에 진출한다고 합니다!"

"뭐라고? 그게 무슨 개소리야? 과자라니? 대룡이 왜? 그 새끼들은 공장도 없잖아!"

아무리 현대 기술이 발달해도 공장을 만드는 데에는 상당한 시간이 걸린다.

그런데 공장도 없이 과자 시장에 진출한다는 것은 말도 안 된다.

"수입 과자랍니다! 수입 과자! 한 방 먹었습니다!"

김두만의 입이 쩍 벌어졌다.

⚖

"아저씨, 여기요!"

장바구니를 가득 채운 여학생은 즐거운 표정으로 5천 원짜리 한 장을 내밀었다.

전이라면 두어 개 사면 끝일 돈이지만, 이번에는 도리어 주인장이 거스름돈을 건네줬다.

"뭔 과자를 그렇게 많이 사?"

"입이 궁해서요."

"이거 다 먹을 수는 있어?"

주인은 걱정스럽게 물었다.

그럴 수밖에 없는 게 여기에 있는 과자들은 수입산이다.

그리고 질소와 포장재로 있어 보이는 척만 하는 게 아니라 실제로 그 양이 무척이나 많았다.

“과사에서 먹을 거예요.”

“아, 그렇지? 하긴, 학생 혼자 먹기에는 양이 많지.”

“지난번에 감자칩 하나를 사 갔다가 한 일주일은 먹은 것 같네요.”

“그렇지?”

여학생은 즐거웠다.

학업 스트레스를 풀 수 있는 것은 오로지 하나, 과자를 먹는 거다.

그러나 비싸서 먹을 수가 없었는데 요즘은 그런 걱정이 없었다. 당장 얼마 전에 사 간 감자칩도 한국산에 비해 양은 거의 열 배가 넘는데 가격은 고작 두 배였다.

“이렇게 싼 과자에 도대체 얼마나 질소를 넣는 건지.”

“그러게 말이야.”

학교 앞 단골이다 보니 두런두런 이야기하는 사이, 학생 한 명이 엄마와 함께 와서는 마구 과자를 집기 시작했다.

“국산 먹어. 국산.”

엄마는 걱정스럽게 외쳤고 주인장은 고개를 갸웃했다.

“국산은 비싼데?”

“그래도 아직 수입 과자는 검증되지 않아서요.”

막연히 수입이라는 말에 걱정하는 사람들이 있었다.

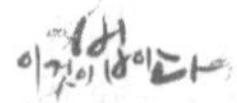

그녀가 그런 타입이었던 것이다.

"그러면 그거 말고 저쪽에 있는 거 고르세요."

"어떤 거요? 어머?"

엄마는 그쪽 방향에 있는 걸 보고 고개를 갸웃했다.

그럴 수밖에 없는 게 딱 봐도 디자인도 그렇고 과자도 그렇고, 한국산 과자와 똑같은데 이름이 영어로 적혀 있었기 때문이다.

"이게 뭐죠?"

"역수입 과자예요."

"역수입 과자?"

"네, 미국이나 유럽 등지에 수출된 과자를 역수입해 온 거예요."

"네에?"

"그게 더 질도 좋고 양도 많아요."

"아니, 어떻게 똑같은 과자를 역수입하는데 수익이 나요?"

상식적으로 똑같은 과자라면 나가면서 관세가 붙고 다시 들어오면서 이득이 붙어야 하는 데다가 운송료까지 붙어야 하니 당연히 더 비싸야 정상이다.

그런데 역수입한 과자들은 가격은 비슷할지 몰라도 들어 보는 순간 무게감이 달랐다.

"그만큼 우리가 호구 취급당한 거죠."

가게 주인은 입맛을 다시면서 중얼거렸다.

"그리고 질도 그게 더 좋아요."

"그래요?"

"네."

결국 아이 엄마는 애들이 가지고 온 과자 중에서 수입산 과자는 다시 가져다 놓고 역수입된 걸로 가지고 왔다.

"맛나게 드세요."

"그나저나 그게 얼마치예요?"

"이거요? 4,300원어치요."

"네에?"

자신은 여학생 양의 반도 안 담았는데 벌써 1만 원을 훌쩍 넘어간다. 그런데 여학생이 가지고 온 과자가 꽤 되는데도 불구하고 가격이 무척이나 싼 편이었다.

"한번 먹어 봐요. 그쪽 동네 애들이 먹고도 죽지 않았으니 수입했겠지요."

"음……."

"그리고 여기에 있는 과자들은 대룡에서 현지 공장에서 다 점검하고 수입하는 거래요."

"그래요?"

"네, 듣기로는 아예 상설 팀이 상주하면서 한 달에 한 번씩 불시에 기습 순찰을 나간다던데요?"

혹시나 질적인 문제가 생길 것에 대비해, 대룡은 그러한 시스템을 확실하게 만들어 놨다.

과자 회사들의 입장에서는 워낙 대룡이 큰손이다 보니 당연히 오케이를 했고 말이다.

"다음번에는 도전해 볼까……."

안 그래도 남편이 제대로 돈을 못 벌어 와서 불안한 그녀는 고민하기 시작했다.

그때 같은 시각, 다른 곳에서는 다른 이유로 고민하는 사람이 있었다.

⚖

"뭐라고요?"

"자리가 없다니까요."

성화의 직원은 어이가 없어서 입을 쩍 벌렸다.

"그게 무슨 소리입니까, 자리 없다니? 지금 부동산에서 알아보고 온 겁니다!"

"방금 나갔어요. 방금."

갑작스럽게 대리점 라인들이 무너지기 시작하면서 성화는 다급해지기 시작했다.

한두 곳도 아니고 수백 곳이 한꺼번에 무너지기 시작하자 전국에 제대로 과자를 공급할 수조차 없게 된 것이다.

황급하게 대리점들을 모으고 있기는 했지만 성화의 밀어내기 소식은 전국을 뒤집은 뉴스였기 때문에 일부 설마 하는 바보를 제외하고는 지원자가 없었다.

지원하는 순간 대리점들이 뜯길 게 뻔한데 누가 지원하겠는가?

결국 방법은 하나뿐이었다. 직접 공급 라인을 만드는 것.

하지만 그것은 쉬운 게 아니었다.

“아까 분명히 비었다고…….”

직원은 환장할 노릇이었다.

부동산에서 출발할 때만 해도 이곳이 비어 있다고 했다.

그런데 여기에 오자 갑자기 나갔다며 안면 몰수해 버리는 것이다.

“어쩌겠어. 나도 방법이 없지.”

어깨를 으쓱하는 주인.

그걸 본 직원은 어쩔 수 없이 터덜터덜 몸을 돌렸다.

벌써 이런 게 몇 번째인지도 모른다.

가는 곳마다 똑같은 소리의 반복이었다.

“이게 무슨…….”

그가 멘붕이 와서 돌아가고 있을 때 건물 주인은 서둘러서 대룡에게 전화하고 있었다.

“이게 무슨 짓거리야!”

"무슨 짓거리기는요, 압류 절차를 진행하는 중이지."

두 번이나 압류를 당한 창고 직원들은 멘붕이 왔다.

지난번 가압류는 성화에서 다급하게 가압류 취소 소송을 해서 푸는 바람에 그나마 위기를 넘겼지만 이번은 상황이 좀 달랐다.

"소송은 끝났고 돈은 안 주는데 뭐 방법이 있습니까?"

노형진은 씩 웃었다.

성화는 수십억에 달하는 권리금을 줘야 한다는 판정을 받았다.

하지만 이들이 이탈함으로써 새로 영업소를 개설해야 한다는 점 때문에 모든 예산은 그쪽으로 쏠리기 시작했다.

당연하다면 당연한 거다.

성화가 남에게 주는 돈을 쉽게 줄 생각이 없었을 테니 말이다.

하지만 노형진은 그 점 역시 예상하고 있었다.

"어어? 지금 뭐 하는 거예요!"

직원들은 또 과자나 가지고 가려나 하는 생각에 시큰둥하고 바라보고 있다가 깜짝 놀랐다.

지난번에는 과자를 가압류했던 노형진이 이제는 기계를 압류하기 시작한 것이다.

벨트 컨베이어나 지게차같이 진짜 필요한 물건들을 말이다.

"왜요?"

"아니, 과자를 압류하지 않고 왜……."

"거참, 과자 그거 몇 푼이나 한다고 그걸 압류합니까?"

노형진이 히죽거리면서 한 말에 다들 어이가 없었다.

얼마 전에 과자를 압류한 게 노형진이었기 때문이다.

'내가 미쳤냐?'

물론 노형진은 계획이 다 있었다.

어차피 저 과자들은 공급해야 할 대리점들이 없는 상황에서 썩어 갈 것이다.

그러면 그건 그것대로 성화의 부담으로 들어갈 수밖에 없다. 폐기 비용이 들어야 하니까.

하지만 다른 장비들, 즉 컨베이어나 집기들은 진짜 돈이 되고, 또 그걸 압류하면 성화에서는 어쩔 수 없이 새로 사야 한다.

물론 경매 날짜가 되면 성화에서는 우선 구매권을 이용해서 살 건 뻔하다.

우선 구매권이란 경매하는 경우 그 당사자나 가족이 결정된 가격에 판매할 때 가장 우선하는 권리를 말한다.

가령 30억이 여기에 있는 물건들이 결정되면 우선 구매권을 가진 성화가 먼저 이 장비들을 살 수 있는 것이다.

'하지만 그것 또 그것대로 나쁘지 않아, 후후후.'

당장 성화제과는 갑작스러운 자금 압박에 시달리고 있다.

그런 상황에서 수십억에 달하는 장비에 대해 우선 구매권을 발동해서 구입하면 당연히 과자들을 배포해야 하는 대리점이나 직영점의 개설에 문제가 생긴다.

황급하게 대출을 받기야 하겠지만 그만큼 이자가 늘어나는 것은 당연한 일.

"자, 비키세요. 오늘 압류할 게 많아서요."

노형진의 말에 직원들은 떠밀리다시피 공장 바깥으로 나올 수밖에 없었다.

⚖

"이런 젠장!"

김두만은 사방에서 터지는 사건에 정신을 차릴 수가 없었다.

처음에는 자신들에게 저항한 인간들을 모조리 쫓아내 버렸다. 그런데 그러고 나니 남은 배급 라인은 3분의 1도 되지 않았다. 하나 문제는 배급 라인이 아니었다.

"사장님, 과자의 매출이 과거의 10분의 1 이하로 줄었습니다."

"그게 말이나 돼?"

"상황이 너무 좋지 않습니다. 전국에서 불매운동을 하고 있고, 대리점주들의 이탈은 가속되고 있습니다."

더군다나 자신들의 과자가 역수입되면서 자신들의 숨통을 조이는 황당한 경우가 되고 있었다.

"이러면 곤란한데……. 망할 대룡 놈들."

이들이 해외에 질 좋고 양 많은 과자를 보내는 이유는 간단하다. 그쪽 시장의 점유율을 높이기 위해서다.

그런데 그 과자들이 다시 한국으로 들어오면서 한국 시장을 파먹기 시작했다.

그러다 보니 자신들의 목적인 시장 확대는 물 건너간 셈이다. 나가는 족족 다시 한국으로 들어오니 말이다.

"수출을 막아 버려!"

"그건 안 될 말입니다. 만일 수출을 막아 버리면 다시는 미국이나 유럽에 진출하지 못합니다. 한국에서는 우리가 갑이지만 미국이나 유럽에는 우리 유통망이 전혀 없습니다."

"큭."

그쪽에는 유통망이 없어서 기존 유통망에 기대고 있다.

그러나 만일 자신들이 갑자기 물건을 끊으면 당연히 계약 위반이 되어 버릴 텐데, 그런 곳과 다시 거래할 만큼 그들은 만만하지 않다.

"그리고…… 수출을 멈추면 당장 내일부터 공장의 가동을 멈춰야 합니다. 현재 유일하게 수익이 나고 있는 부분이 그곳입니다."

만들어서 내보내면 다시 들어오는 악순환.

그런데 그걸 멈추면 아예 모든 수익이 차단되는 셈이다.

"이래서는 졸지에 대룡 새끼들의 하청 공장이나 마찬가지잖아!"

"……."

맞는 말이다. 자신들이 많이 하던 짓거리. 그걸 대룡에게 당하는 셈이다.

"어쩔 수 없습니다. 당분간은……."

빠드득.

김두만의 입에서는 치아가 부서지는 소리가 들려왔다.

⚖

"하하하."

유민택은 기분이 좋았다.

이번 작전은 말 그대로 성화에 크리티컬을 먹인 셈이었다.

"성화의 현금 유동성이 급속도로 떨어지고 있습니다."

"그렇겠지."

과자 시장은 반응이 빠르다.

그래서 만일 사업 자금이 필요하면 밀어내기를 많이 하든가, 행사를 많이 해서 돈을 벌어올 수 있다.

그런데 그런 시장이 통째로 날아가 버리는 바람에 성화는 상당한 피해를 보고 있는 상황이었다.

"그리고 우리와 싸우는 다른 작은 사업체들도 갑자기 긴축 경영 체재로 돌입했다는 소식입니다."

"돈줄이 말랐으니까, 흐흐흐."

성화 과자에 대한 불매운동은 성화제과에만 해당되는 게 아니었다. 성화전자까지 그 불매운동이 번졌고, 그로 인해 성화의 돈줄이 바짝 마르기 시작한 것이다.

"이번에 제대로 성화를 흔들 수 있겠습니다."

"암! 그렇겠지."

전쟁이란 자고로 누가 더 격하게 소모하고 버티느냐가 관건이다.

기업 간의 싸움도 마찬가지다.

그런 싸움에서 병참기지의 파괴는 무척이나 의미가 크다.

굶는 병사는 싸울 수가 없는 법이고, 기업 간의 싸움에서 로비 없이 싸울 수는 없는 법이니까.

"노 변호사, 이 은혜를 어찌 갚아야 할지 모르겠군."

유민택의 말에 노형진은 살짝 놀랐다.

그가 은혜라는 말을 입에 담은 것이다.

보통은 빚이라는 표현으로 주고받는 관계였다면, 은혜라는 건 일방적으로 줘야 하는 관계가 되어 버리기 때문이다.

"그 정도까지야……."

"아닐세. 이번 사건은 성화를 밟아 버리는 분수령이 될 거야."

벌써 성화는 휘청거리고 있다.

다급하게 여기저기서 돈을 긁어모으는 상황이 계속되고 있고 대룡은 악착같이 그걸 방해하고 있다.

"그러면 나중에 제 부탁 하나만 들어주세요."

"부탁? 그런 거야 뭐 언제든 가능한 거 아니겠나?"

"작은 건 아닐 겁니다."

유민택은 살짝 얼굴이 딱딱해졌다.

노형진의 스케일은 상상 이상이다.

그런 그가 작은 게 아니라고 한다면 대한민국을 들었다 놨다 할 정도의 사건인 것은 분명한 일.

"흠……."

잠시 고민하던 유민택은 고개를 끄덕거렸다.

"대룡이 무너지지만 않는다면 들어주지."

현재 대룡의 위력은 엄청나다.

성화를 꺾으면 더욱 강해질 것이다.

그런 곳이 무너질 정도의 일이라면 말 그대로 한국 파산 상태나 마찬가지일 것이다.

"좋습니다. 아, 걱정하지 마세요. 그건 대룡에도 나쁜 게 아닐 테니까요, 후후후."

노형진은 눈을 반짝거리고 있었다.

⚖

빠각.

무언가 부서지는 소리.

그리고 그 소리와 함께 김두만은 바닥에 털썩 주저앉았다.

그는 머리에서 한 줄기 선혈이 주르륵 흘렀다.

머리가 깨진 건지 알 수는 없었다. 당장 구급차를 불러야 한다고 그는 생각했다.

하지만 누구도 그를 위해 움직이지 않았다.

자신의 뒤에 있는 형제도 움직이지 않았다.

그들은 공포에 떨면서도 다른 한편으로는 고소해하고 있었다.

"그걸 보고라고 하는 거냐?"

"죄…… 죄송합니다, 아버지."

"아버지?"

김일성의 얼굴이 묘하게 일그러졌다.

김두만의 보고는 성화에 치명적인 피해가 생겼다는 내용이었다.

"최소 1년? 지금 그걸 보고라고 하는 거냔 말이다."

1년. 성화제과가 다시 굴러가기 위해 필요한 시간.

그나마도 최소한이다.

붕괴된 대리점 시스템을 복구하기 위해서는 그 정도 시간이 필요했다.

그리고 그 시간 동안은 다른 곳으로의 지원은 불가.

"죄송합니다, 아버님……. 이번에 성화제과의 밀어내기가 너무 소문이 나서 새로 오는 녀석들이 없습니다."

물론 성화만의 문제였다면 어찌 되었건 하려고 하는 사람이 있을 것이다. 성화는 대기업이니까.

하지만 이번 일은 성화만의 문제가 아니다. 대룡까지 끼어 있다.

당연히 대룡이 기를 쓰고 재구축을 막을 것이다. 실제로도 이미 막고 있고.

'개자식들'

자신들에게 버려진 성화의 전 직원들.

그들은 대룡으로 넘어가서 악착같이 자신들을 방해하고 있다.

성화의 방법을 다 알고 있는 그들의 방해는 집요해서 도무지 길이 보이지 않았다.

"대룡의 방해가 계속되어서……."

"그래서? 대룡 녀석들이 1년 후면 방해하는 것을 그만둔다고 하던가?"

"그때는 아무래도 국민들도 모두 잊어버릴 테니까……."

"그 말은 결국 최소 1년이라는 소리겠군."

"네…… 최소……."

빠각.

다시 휘둘리는 명패.

아까에 이어서 두 번이나 휘둘린 긴 회장 명패는 결국 그 힘을 버티지 못하고 부서졌다.

그리고 그걸 정통으로 맞은 김두만은 눈을 까뒤집고 옆으로 쓰러졌다.

"아버지, 더 때리면 죽을 겁니다."

"흥."

김두필의 말에 피를 흘리면서 쓰러진 김두만을 보던 김일성은 자리로 와서는 담배를 꺼내서 꼬나물었다.

"제대로 당했어……."

"죄송합니다, 이런 걸 확인하지 못해서."

"젠장……."

실질적으로 훨씬 싸고 좋은 과자들이 역수입되어 국민들의 배신감을 불러일으키고 밀어내기가 폭로되어 여론을 등 돌리게 만들어 대리점 라인이 붕괴하면서, 대한민국 과자계를 좌지우지하던 성화제과는 어이가 없을 정도로 빠르게 무너지고 있었다.

"끌어내서 병원으로 보내. 정신 차리는 대로 대만으로 보내 버려."

"대만 말씀이십니까?"

"그래."

남매의 얼굴에 순간적으로 기쁨이 돌았다.

대만은 작은 곳이다.

물론 관광객이 많아서 시장 자체가 작은 것은 아니기는 하지만 그렇다고 매출 자체가 많은 곳은 아니다.

'크크크.'

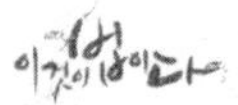

'잘난 척하더니 끝났군'

'뭐? 자기가 나서면 대룡이고 새론이고 한 방이라고?'

김두만은 김일성의 직계이다.

그런 그를 대만으로 보낸다는 것은 한 가지만을 뜻한다.

바로 후계 자리의 강탈.

아무리 노력해도 대만은 그 구조상 뭔가 뒤집을 만큼 실적을 낼 수가 없는 곳이다.

관광객이 많기는 하지만 그만큼 경쟁자도 많기 때문이다.

그나마 대만쯤 되는 곳의 담당자로 보내는 것은 두 가지 이유에서다.

하나는 그래도 자기 핏줄인지라 최소한 먹고살 만큼만 해주려는 목적과 다른 하나는 꼴도 보기 싫다는 것.

"망할 놈들."

그만큼 이번 싸움의 피해가 컸다, 성화로서는 당분간 대룡에게 두들겨 맞는 수밖에 없을 만큼.

"이렇게 된 이상……."

김일성은 이를 빠드득 갈았다.

"최후의 방법을 쓴다."

그의 분노로 불타오르는 눈은 피를 흘리면서 쓰러진 김두만을 무섭게 노려보고 있었다.

내부의 적

성화와의 싸움이 끝나고 난 후 새론은 한동안 조용했다.

성화는 내부적으로 어떻게 해서든 복구를 위해 싸우고 있고, 대룡은 이 틈에 최대한 성화를 공격하느라 정신이 없었기 때문이다.

노형진 역시 그런 싸움에서 한발 물러나서 자신의 일을 하고 있었다.

그 일이 터지기 전까지는 말이다.

"노 변호사님, 개인 면담 신청이 들어왔는데요."

"그런 건 한두 번도 아니잖습니까?"

워낙 노형진이 유명하다 보니 어떻게 해서든 노형진에게 일을 맡기려고 하는 사람이 한둘이 아니다.

그래서 모든 사건은 철저하게 담당 부서에서 배당해 주기로 되어 있다.

일부 특수한 경우만 빼고 말이다.

"이건 아무래도 노 변호사님이 이야기를 좀 해 보셔야겠습니다."

"왜요? 어려운 사건입니까?"

그런 거라면 다른 변호사가 가지고 오는 게 보통이었기에 노형진이 고개를 갸웃하자 직원이 조심스럽게 입을 열었다.

"대룡과 관련된 사건입니다."

"대룡과 관련된 사건요?"

노형진은 그게 무슨 소리인가 했다.

'유 회장님이 보내신 건가? 아니지. 유 회장님이 내가 필요한 일이 있다면 직접 불렀을 텐데?'

더군다나 얼마 전에 중요한 사건이 해결된 상황이다.

그러니 유 회장이 불렀을 가능성은 거의 없다고 봐야 한다.

그런데 그 사건이 대룡과 관련된 것이지, 대룡에서 맡긴 것이 아니었다.

"대룡을 고소하고 싶어 합니다."

"헐?"

어이가 없어서 말을 못 하는 노형진이었다.

이 바닥 사람들치고 대룡과 새론의 관계를 모르는 사람은 없다.

그런데 대룡을 고소하겠다고 여기에 오다니?

거기에다가 다른 사람도 아니고 노형진에게?

"보통 의뢰를 거절하지는 않습니다만 기본적으로 대룡과 우리가 친밀하니까 차라리 다른 로펌을 찾아보라고 하시는 건 어떤가요?"

물론 대룡이라고 해서 노형진이 위법을 봐주는 건 아니다.

그러나 만족스러운 결과가 나오지 않는다면 쓸데없는 의심을 받을 수 있기 때문에 그런 사건은 차라리 거절하는 게 나았다.

"하지만 우리가 담당하는 게 맞다고 생각합니다."

"아니, 왜요?"

"의뢰를 희망하는 사람이 대룡의 직원이거든요."

"허?"

노형진은 어이가 없어서 입을 쩍 벌렸다.

"노형진입니다."

노형진은 인사하면서 상대를 살폈다.

20대 후반으로 보이는 남자였다.

정장을 입고 있는 전형적인 직장인의 모습.

그는 무척이나 피곤한 얼굴이었다.

"반갑습니다. 성문식이라고 합니다."

"사건을 맡기려고 하신다고요?"

"네."

"왜 그런지 설명을 좀 해 주시겠습니까? 대룡에 다니신다면 우리와 대룡의 관계를 모르시지는 않을 테고."

"하아."

성문식은 잠시 한숨을 쉬다가 입을 천천히 열었다.

"그래서 여기로 온 겁니다. 솔직히 전 소송까지 하고 싶지는 않습니다. 하지만 소송 말고는 방법이 없어서요."

"그래요? 도대체 무슨 일이신데요?"

"망할 사회생활 때문에 유능한 사람들이 다 떠나거든요."

"망할 사회생활?"

"네. 제가 노형진 변호사님을 찾아온 건 죄송스럽지만 노형진 변호사님의 능력 때문이 아니라 노 변호사님이 유민택 회장님과 독대하실 수 있는 분이기 때문입니다."

"네에?"

보통 노형진을 찾아오는 사람들은 그의 실력을 보고 온다. 그런데 독대라니?

상황을 보니 이상하다는 생각이 든 노형진은 자세를 바로 하고 그를 바라보았다.

"그러면 일단 이야기해 보시지요."

노형진이 자세를 바꾸자 성문식은 천천히 이야기하기 시

작했다.

"사실은 대룡이 외부적으로 잘나가고 있지만 내부적으로 곪아 가고 있습니다. 더욱 빠르게 곪아 가고 있지요."

그는 한국대를 나온 재원이다. 그리고 대룡에 취직했다.

거기까지는 좋았다.

거대 기업, 그것도 성장하는 기업인 대룡에 취직했다는 말에 부모님은 동네잔치라도 해 줄 것처럼 뛸 듯이 기뻐했다.

"하지만 들어가니 생각하고 다르더군요."

초반에 아무것도 모를 때는 문제가 없었다.

하지만 사회생활을 하면서 한국 사회의 고질적인 문제와 충돌했고, 그로 인해 엄청난 손해를 보기 시작했다.

"단합이라는 이름하에 강제적으로 회식하는 건 일상입니다."

새벽 5시까지 끌고 다니다가 출근이 늦으면 뭐라고 한다.

그런데 정작 그 회식을 주도한 인간들은 하루 종일 자든가 찜질방으로 가 버린다.

"문제는 그것만이 아닙니다."

젊은 사람들의 가장 강력한 무기는 톡톡 튀는 아이디어다.

자신 역시 그런 것을 이용해서 열심히 노력한다.

그런데 그들에게 닥친 것은 부당한 회사 내부의 상명하복이었다.

"제가 무려 세 주에 걸쳐서 만든 프로젝트입니다. 그런데 그걸 보고하고 나니 다음 주에 갑자기 과장님 이름으로 발표

되더군요."

이런 게 한두 번이 아니다.

공이 될 만한 건 다 빼앗아 가고 자기들이 너희만 할 때는 더했다는 식으로 저항을 무마한다.

일이 잘못되면 그 책임은 부하 직원이 진다.

남자들에게는 부당한 야근은 흔하게 벌어지는 일이다.

여자 직원들에게는 온갖 음담패설과 성희롱이 따라다닌다.

"지금 대룡은 극단적인 성과 주의를 가지고 있습니다. 그리고 그 때문에 유능한 직원들이 무서운 속력으로 빠져나가고 있지요."

노형진의 눈썹이 꿈틀했다. 그건 결코 좋은 징조가 아니다.

'회사가 망하는 첫 번째 단계.'

미국에서 배운 몇 가지 정보가 있는데 그중 하나가 바로 회사가 망하는 과정이다.

그 과정에 따르면 첫 번째가 기업이 상명하복식으로 고정되면서 재능 있는 인재가 기업을 이탈하는 것이다.

'한국과 미국은 다르다고 하지만…….'

미국의 경우 재능 있고 능력 있는 인재에 대한 욕심이 어마어마하다.

재능 있는 사람 한 명을 얻기 위해 기업을 사는 경우도 있을 만큼 말이다.

'하지만…….'

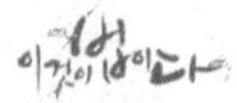

이렇게 상명하복이 시작되면 재능 있는 사람들은 퇴사해서 다른 곳을 찾아간다.

결국 그들이 경쟁 업체에 들어가면서 기업은 흔들린다.

'유민택 회장도 그걸 잘 알고 있지.'

유민택은 성화에서 버려진 인간들을 고용해서 전쟁의 전면에 나섰다.

만에 하나 성화에서 이들을 고용해서 전면에 내세운다면 곤란해지는 것은 대룡이다.

"흠…… 심각한 문제군요."

"이해해 주시는 겁니까?"

"그런 식으로 망해 가는 기업들이 많으니까요. 극단적 성과 주의라……. 성화와의 싸움의 부작용이로군요."

"네."

성화와 싸우기 위해서는 실적이 중요하다.

그러니 실적만 낼 수 있다면 그건 누구든 상관없었다.

"그런데 그런 실적주의가 독이 된 거군요."

누구든 상관없다는 그 생각 때문에 선배라는 작자들 선임이나 상관이라는 작자들이 진짜 능력 있는 사람들의 실적을 빼앗아 가기 시작한 것이다.

'그렇다고 일이 잘못되면 책임은 부하 직원이 지는 거지.'

대한민국 기업의 일반적인 모습이다.

"대리쯤 되면 그 꼴을 많이 보셨겠군요."

"네, 그래서 노 변호사님을 찾아온 겁니다."

"자정 노력을 해 보셨습니까?"

"가능하겠습니까, 그게?"

"하긴……."

자정하려면 위가 바뀌어야 한다.

그런데 바뀔 인간들이었다면 애초에 그런 짓을 하지 않는다.

그들에게 자정이란 자신의 이권을 버리고 다시 바닥으로 떨어지라는 소리나 마찬가지다.

'하긴…… 개혁이라는 게 내부에서 성공한 사례는 없는 것이나 마찬가지.'

기득권층은 입으로 개혁을 외친다.

하지만 개혁을 틈타서 더욱 자신들에게 유리한 방법과 법을 도입한다.

결과적으로 개혁은 부패를 가속화시킨다.

그게 자체적 개혁의 한계다.

정치인들이 무슨 일만 있으면 국민을 팔아먹는 것처럼 기득권층의 개혁은 의미도 없는 핑계일 뿐이다.

"말이야 해 봤지요. 그러나 들은 척도 하지 않더군요."

"자신들에게는 기회니까요."

혼란은 욕심을 부추긴다.

성화와의 전쟁에서 필요한 것은 실적이고, 그걸 제대로만 내놓는다면 자신들은 승진한다.

그리고 그 과정에서 병사들은 도구일 뿐이다.

'하지만 이건 진짜 전쟁이 아닌데.'

진짜 전쟁이야 그렇게 하는 게 맞을지 몰라도 이건 기업 간의 전쟁이다.

유능한 인원이 저쪽으로 넘어갈수록 싸움은 불리해지는 것이다.

"성화로 간 사람들이 많습니까?"

"없다고는 말하지 못하겠네요."

"흠……."

노형진은 얼굴을 살짝 찡그렸다.

'안 봐도 비디오군.'

상부에 대한 불신과 분노가 결국은 대룡에 대한 분노로 연결되니 그들은 성화로 넘어가는 걸 선택했을 것이다.

"성화에서 자리는 잘 잡았습니까?"

"뭐, 들리는 소식으로는 그렇지는 못하다고 하더군요."

"불행 중 다행이군요."

대룡에서 왔다는 사실만으로 왕따 비슷한 걸 당해서 다시 그만두는 사람들이 적지는 않다고 한다.

애초에 성화의 기업 문화는 대룡보다 나쁘면 나쁘지, 좋은 곳은 아니니까.

"그래서 소송을 생각하는 거군요."

"내부적으로 사람들이 몇 번이나 시도했지만 결국은 다 중간에 차단당했습니다. 그래서 소송하면 최소한 유민택 회장님의 귀에는 들어갈 거라 생각했습니다."

노형진은 고개를 흔들었다.

"설마 성화와 싸울 때 소송전이 저만 통해 이루어질 거라 생각하신 겁니까?"

"네?"

"성화와 싸움에서 소송전이 빠질 리 없지 않습니까? 소송이 한두 건도 아니니 그걸 다 보고하지는 못합니다. 아니, 안 하겠지요."

결국은 보고하는 사람들도 어찌 보면 기존에 있던 사람이다. 그들이 기존에 있던 기득권층과 연관되어 있다면 분명히 누락될 것이다.

'아니, 연관되어 있겠지.'

"그래서 노 변호사님을 찾아온 겁니다. 그러면 최소한 귀에는 들어갈 거 아닙니까?"

"하긴……."

노형진은 유민택과 언제든 대면할 수 있는 몇 안 되는 사람 중 한 명이다.

"저보고 일종의 메신저 역할을 해 달라는 말씀이시군요."

"죄송합니다. 그거 말고는 방법이……."

"뭐, 변호사 업무 중 하나가 조정이니까 그건 걱정하지 않으셔도 됩니다. 하지만……."

"하지만?"

"과연 소송으로 이게 바로잡힐지는 좀 의문스럽네요."

성문식의 얼굴은 어두워질 수밖에 없었다.

"일단은 해 봐야지요. 포기하는 것보다는 시도하는 게 훨씬 더 좋으니까요."

노형진은 성문식의 의뢰를 받아들이기로 결심했다.

"이게 사실인가?"

유민택은 보고서를 받아 보고는 부들부들 떨었다.

"모르셨습니까?"

"전혀……."

"당연하다면 당연한 겁니다. 유 회장님은 기업인이지, 사원이었던 적이 없으니까요."

그 안에 벌어지는 내용은 일반적인 회사원들이라면 다 아는 내용이다.

상급자의 공적 빼앗기, 음담패설과 성희롱, 그리고 업무와 관련이 없는 명령 하달이나 퇴근 후 업무 명령 같은 거 말이다.

"이런 게 공공연한 게 벌어진다고?"

"네."

"흠…… 어떻게 몰랐지?"

"알 수가 없지요. 유 회장님이 언제 사원 생활을 해 보신 적이 있습니까?"

"하긴……."

돈이 많다는 것은 단순히 금전적으로 풍족하다는 게 아니다.

아예 사는 세계가 달라진다는 것을 뜻한다.

당장 모 정치인이자 기업의 회장은 버스의 가격도 모르는 것이 현실인 것이다.

"회장쯤 되면 모든 것을 서류로 보고 판단합니다. 하지만 삶은 서류가 아닌 눈앞에서 벌어지지요."

"부정은 못 하겠군."

아마도 유민택은 성화만 아니었다면 그걸 영원히 이해하지 못했을 것이다.

하지만 성화가 그의 자식들을 죽임으로써 삶이 눈앞에서 벌어진다는 것을 뼈저리게 느끼는 한 사람이 되었다.

"유 회장님은 부당함에 저항할 힘이 있지만 직원들은 아닙니다. 직장에서 잘리면 말 그대로 절망에 빠지죠."

"흠……."

그는 얼굴을 살짝 찡그렸다.

"그래서 소송해야겠는가?"

"글쎄요. 일단 의뢰는 받았고 지금은 조정 단계입니다. 만일 대룡에서 조정을 거부한다면 다음은 소송에 들어가겠지요."

"거참."

다른 변호사라면 기겁할 것이다.

아니, 꿈도 꾸지 못할 것이다.

자칫 잘못하면 대룡이라는 거대한 손님을 잃어버릴 테니까.

그런데 노형진은 아주 대놓고 어쩔 수 없으면 소송이라는 점을 확실히 했다.

즉, 물러날 생각이 없다는 소리이다.

"자네 말은 충분히 이해했네. 하지만 이건 성화와의 문제가 아니라 내부의 문제야."

"내부의 문제여서 더 골치 아픈 겁니다. 강대한 국가도 거대한 기업도 몰락의 첫 번째는 내부에서 시작됩니다. 로마가 멸망한 건 적들의 공격 때문이 아닙니다."

"그건 그렇군."

물론 마지막 쐐기를 박는 것은 외부의 적일지도 모른다.

하지만 내부가 굳건하지 않고 제대로 되어 있다면 아무리 노력해도 결국은 무너질 수밖에 없다.

"이건 좀…… 생각해 봐야겠군."

유민택은 심각한 얼굴로 보고서에서 눈을 떼지 못하고 있었다.

얼마 뒤, 유민택은 노형진을 불러서 대면하고 있었다.

하지먼 평소와 다르게 다른 사람 한 명이 같이 있었다.

"이쪽은 유지훈이라고 하네. 우리 회사의 상무일세."

"반갑습니다. 노형진입니다."

"유지훈입니다."

노형진은 그를 보면서 대충 상황을 알아차렸다.

유민택은 일반적인 사람들이 삶에 대해 모른다.

하지만 그에 대해 조언해 줄 수 있는 사람이 없다.

주변에 있는 사람들은 대부분 유민택과 비슷한 삶을 살아온 사람이니까.

그래서 그걸 해 줄 수 있는 사람을 골랐을 것이다.

'쯧쯧, 이래서는'

하지만 노형진은 유지훈을 보면서 유민택이 실수했다는 걸 바로 알아차렸다.

"자네도 알다시피 난 지금의 상황에 대해서는 잘 모르네. 하지만 유지훈은 바닥에서 시작해서 이 자리까지 온 사람이야. 그러니 잘 알 거라 생각하네."

유지훈은 고개를 끄덕거리면서 입을 열었다.

"이런 문제에 대해서는 잘 압니다. 그리고 필요악이라는 것도요."

"필요악?"

"네, 기업이란 제대로 돌아가기 위해서는 악이 필요합니다."

노형진은 대답하지 않고 조용히 그를 바라볼 뿐이었다.

그런 그의 시선을 느낀 건지 유지훈은 계속 말을 이어 갔다.

“기업을 운영하다 보면 어쩔 수 없이 성과 주의가 들어갑니다. 기업은 자선단체가 아닙니다. 더군다나 지금은 성화라는 강대한 적들과 싸우는 단계지요. 그런 상황에서는 성과 주의가 어쩔 수 없습니다. 그렇다면 그 책임을 지는 사람들이 아랫사람을 다그칠 수밖에 없고요.”

“그렇기는 하겠지.”

“물론 이게 좋은 방식은 아닌 건 누구나 압니다. 하지만 필요악이라는 말이 있지요. 만일 무차별적으로 자유를 주게 된다면 그 자유를 역이용하는 인간들이 분명히 존재합니다. 만일 일하는 사람들의 3분의 1이 놀러 다닌다면 과연 일은 누가 하겠습니까?”

“흠…….”

“노 변호사님의 걱정은 충분히 이해합니다. 하지만 당분간 최소한 성화가 무너질 때까지는 이런 시스템을 유지할 수밖에 없습니다.”

“대를 위한 소의 희생이라는 건가?”

“네, 역사는 그렇게 흘러왔으니까요.”

유지훈의 말에 고개를 끄덕이는 유민택.

“어떻게 생각하십니까, 노 변호사님?”

“계속 말씀하세요.”

노형진에게 슬쩍 방향을 돌리는 유지훈.

하지만 노형진은 반박하지 않고 계속 말하라고 시켰다.

“물론 자신의 실적으로 빼앗긴 부하 직원의 입장에서는 억울할 수도 있습니다. 그러나 그들이 잊지 말아야 하는 것은 그들 자신은 부품이라는 겁니다. 한 기업은 거대한 기계이구요. 그들이 불만을 가지고 저항한다고 하면 기업 자체가 부서질 수도 있는 겁니다. 그렇다고 그들을 놔둘 수는 없겠지요. 그들을 잘 보듬어서 가족 같은 회사를 만들면 됩니다. 가족끼리는 서로 공을 나누고 그러는 게 아니니 그들도 충분히 이해할 겁니다.”

“그렇겠군.”

유민택도 그에게 넘어갈 것 같은 얼굴이 되었다.

물론 듣기에는 참으로 달콤한 말들이다.

하지만 노형진의 얼굴에는 절로 불쾌함이 떠올랐다.

“유지훈 씨라고 했습니까?”

“네.”

“유지훈 씨, 제가 최근에 들어 봤던 소리 중에서 가장 개소리였습니다.”

“뭐라고요!”

발끈해서 벌떡 일어나는 유지훈.

유민택도 어리둥절한 얼굴이 되었다.

노형진이 이렇게 면전에서 대놓고 말하는 것은 처음 봤기 때문이다.

"제가 몇 가지만 물어보죠. 가족 같은 회사? 그러면 유지훈 상무님은 직원들에게 종신 근무나 하다못해 정년 보장을 해 주실 수 있습니까?"

"그게 말이나 됩니까! 기업은 자선단체가 아닙니다."

"그러면 가족 같은 회사라는 게 말이 안 되죠. 요즘 가족은 자기가 조금만 불리하면 다른 가족을 갖다 버리나 봅니다?"

유지훈은 아차 했다.

"제 경험상 가족 같은 회사의 뜻은 이겁니다. 가족이니까 아주 마음 놓고 부려 먹으면서 월급은 안 주겠다. 가족이니까. 이게 가족 같은 회사입니까, 가축 같은 회사지? 직원들이 가축이에요?"

"그건 어디까지나 가족같이 우애를 다지자는 의미에서……."

"그래서 가족같이 우애를 다지자는 의미에서 새벽 3~4시까지 술집에 끌고 다녀 놓고 다음 날 출근시킵니까?"

"그거야…… 친목을 도모하기 위해서……."

"보고서 못 보셨나요? 그 친목질이 가장 큰 스트레스 중 하나입니다. 그리고 유지훈 씨, 혹시 성범죄 전력 있으십니까?"

"아니, 무슨 말을 그렇게 하는 겁니까! 성범죄라니요!"

"하는 말이 그들과 너무 똑같아서요. 성범죄자들이 그런다죠? 가족 같아서 딸이나 손녀 같아서 했다고 말입니다. 유지훈 씨는 가족 같은 딸이나 손녀의 팬티 안에 손을 넣고 주물럭거립니까?"

"무슨 말을 그렇게 극단적으로 합니까!"

"그만큼 어이가 없어서 그런 겁니다. 직원들이 원하는 건 가족 같은 회사가 아니라 자신을 프로로서 인정해 주는 회사입니다. 너는 내 노예가 아니라 나의 동반자라는 걸 각인해 주는 회사죠. 결국 가족 같다는 건 현대판 노예라는 겁니다."

"큭."

예리하게 찌르는 노형진의 말에 유지훈은 아무런 말도 할 수가 없었다.

"이건 임신공격입니다, 회장님! 노 변호사는 지금 논리로 못 이길 것 같으니까 마구 임신공격을 하는 겁니다."

노형진은 그저 비웃음만 흘러나올 뿐이었다.

'임신공격이 아니라 인신공격이다.'

하지만 그런 걸 알려 줘 봐야 뭐 그가 고칠 것 같지는 안았다. 그렇다면 다른 걸로 밟으면 된다.

"그러면 다른 걸 물어보겠습니다, 유지훈 상무님. 스토리텔링이 뭔지 아십니까?"

"스, 스⋯⋯ 뭐요?"

"스토리텔링요."

"그게 뭡니까?"

"그러면 빅 데이터는 아십니까?"

"그건 또 뭡니까?"

"그러면 SNS가 사회에 미치는 영향이나 파급력에 대해서는 어떻게 생각하십니까?"

"……."

하지만 유지훈은 아무것도 대답하지 못했다. 그저 눈만 데굴데굴 굴릴 뿐이었다.

노형진은 피식 웃으면서 설명하기 시작했다.

"스토리텔링은 어떤 사물이나 정책에 이야기를 입히는 걸 뜻합니다. 사람의 뇌는 단어나 복잡한 걸 기억하기보다는 하나의 이야기를 저장하는 데 훨씬 특화되어 있기 때문에 물건 하나보다는 그와 관련된 이야기를 저장시키는 것이지요. 그리고 그 스토리텔링의 기본은 감정의 교류에 있습니다. 감정적 교류를 해서 얼마나 동질감이나 우호감을 일으키느냐가 관건이지요. 빅 데이터는 말 그대로 거대 정보 덩어리를 뜻합니다. 온갖 정보가 다 있지만 그걸 분석하면 새로운 사실이 도출됩니다. 가령 한 지역의 모든 판매 물품의 빅 데이터를 분석하면 해당 지역에서 쇼핑하는 사람들이 누구인지, 평균적으로 얼마를 쓰는지, 선호 상품이 뭔지 드러납니다. 그걸 가지고 전략을 짜는 거죠."

"……."

"이건 현대에 와서 생긴 개념입니다. 과거에는 없는 개념이죠. 당연히 현대에 있어서 가장 많이 쓰이고 사용되는 정보입니다. 그런데 정작 유지훈 상무님은 모르시는군요."

"그게 뭐요? 그걸 알아서 뭐 하게?"

“그럼 유지훈 상무님이 회장님에게 올린 보고서를 한번 분석해 보는 건 어떨까요? 그 안에 스토리텔링이니 빅 데이터니 SNS니 하는 것에 대해서 몇 번이나 나오는지.”

“흠…… 그거 제법 나온 것 같은데?”

의심쩍은 얼굴이 되는 유민택.

이미 그의 보고서를 몇 번이나 받아 봤기 때문이다.

그리고 그런 단어들을 많이 보기도 했다.

그런데 정작 그걸 확인하고 올려야 하는 유지훈이 그 단어를 모르다니 이상한 일이었다.

그러자 아차 싶은 유지훈.

“정작 자신도 개념을 이해하지 못하면서 보고서를 만들어 올렸다고요?”

“그건 아래서 만들어 올린 거니까…….”

전형적인 책임 돌리기다. 잘못되면 모든 것은 다 아랫사람 잘못이라는.

“그런데 그걸 판단하는 자리에 있는 사람이 상무님 아닙니까? 그런데 아무런 정보도 없는 사람이 그걸 어떻게 판단합니까? 법이라고는 쥐뿔도 모르는 판사가 판결하는 거랑 똑같은 소리인데?”

“…….”

“그리고 아래서 만들어 올렸다는 거 아셨습니까, 회장님?”

“음…… 그가 추진한 프로젝트라는 건 알고 있네만.”

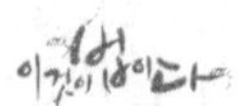

"그러면 거기에 참가한 직원들의 명단은 보셨습니까?"

유민택은 고개를 저었다.

"그러면 그 프로젝트가 성공하면 그 공적은 유지훈 상무님이 다 먹겠군요. 그 후에 정작 그 프로젝트를 진행한 사람은 상무님이 던져 주는 콩고물이나 좀 주워 먹고요. 안 그런가요?"

"콩고물이라니! 그에 합당한 상을 내릴 겁니다!"

"무엇입니까, 그 기준이?"

"크."

기준이 있을 리 없다.

당연히 죽어라 노력한 직원보다는 자신에게 아부 잘하고 꼬리치는 사람에게 먼저 챙겨 줄 게 뻔하다.

"하아, 회장님. 범죄자를 데려다 놓고 그 범죄의 정당성에 대해서 말하면 무슨 말이 나올 것 같습니까?"

"크! 범죄자라니요! 말조심하세요!"

유지훈은 발끈했지만 이미 논리에서 밀리고 있었다.

"하지만 그는 아래에서 여기까지 올라온 사람이니까……."

유민택도 슬쩍 그에게 도움의 손길을 보내 봤지만 도리어 그게 문제였다.

"썩어 빠진 체계에서 위에 올라왔다는 건 썩어 빠진 인간이라는 것밖에 더 됩니까?"

"아……."

"그리고 성씨가 유 씨잖습니까? 회장님도 유 씨고. 거기에

다 아무리 아래에서 시작했다고 하지만 저 나이에 상무라니 말도 안 되죠. 뻔하군요. 친인척."

대룡은 유씨 집안의 회사이다. 당연히 친인척이 중요한 자리에 있을 수밖에 없다.

"대놓고 회장님 친척이고 유씨 집안의 사람인데, 누가 저 사람에게 저항합니까? 회장님, 드라마 좀 보세요. 회장님 아들내미가 평사원으로 시작하면 뭐 합니까, 3년 안에 본부장 될 텐데? 그런데 과연 사람들이 그에 대해 진실을 말하고 그의 횡포에 저항할 수 있을까요?"

결국 그가 아래에서 올라왔다고 하지만 집안의 비호를 받은 썩어 빠진 녀석이라는 소리밖에 안 된다.

"실수군."

유민택은 순순히 고개를 끄덕거렸다.

자신은 친척이라, 그리고 가장 아래서부터 시작한 사람이라 정확한 조언을 해 줄 수 있을 거라 생각했다.

하지만 제대로 생각해 보면 그가 가장 많이 부하 직원을 뜯어먹을 인간이었다.

"회…… 회장님."

유지훈은 사색이 되었다.

유민택의 성격상 실수인 걸 인정하면 그냥 넘어가지 않고 그걸 제대로 고치기 위해 노력한다.

"나가 보게."

유지훈의 손이 와들와들 떨렸다.

"나가 보래도."

"회…… 회장님."

"내가 비서를 불러야 할까?"

유지훈은 고개를 툭 떨궜다.

자신이 할 수 있는 게 없다는 걸 느낀 것이다.

나가는 순간 자신이 한 모든 프로젝트에 대한 점검이 시작될 테고, 자신이 그걸 할 역량이 되는지 확인할 것이다.

"흠……."

"이제 아시겠습니까?"

유민택은 대수롭지 않게 생각하다가 유지훈 사태를 보면서 왠지 느끼는 게 있었다.

"능력 있는 사람은 정작 아래서 일하는 구조라는 건가?"

"네, 그렇습니다. 물론 그들을 무조건 위에 올리라는 건 아닙니다. 사람마다 성향이 다르니까요."

진짜 아래에서 프로젝트를 짜면서 아이디어를 내는 게 맞는 사람도 있고, 반대로 사람을 만나면서 영업하는 것을 좋아하는 사람도 있다.

반대로 위에서 리더가 되어서 팀을 이끌어 가는 것을 더 좋아하고, 그쪽으로 재능이 있는 사람들도 있다.

"하지만 지금의 구조는 그런 재능을 알아보는 구조가 아닙니다. 아래서 일하면 위에서는 그 과실을 빼먹죠. 정작 그 일을 한 사람들은 제대로 인정받지 못하구요."

"한국 기업 문화가 너무 경색되어 있단 말인가?"

"네."

기업을 하다 보면 아무래도 기업 분석이라는 것을 하기 마련이다.

그때마다 나오는 것이 기업 문화가 경색되어 있다는 소리였다.

"그때마다 나름 소통의 라인을 만들려고 노력했는데."

"그걸 관리하는 사람들은요? 결국 기존에 있던 사람들 아닙니까?"

"부정은 하지 못하겠군."

"그럼 무슨 의미가 있습니까?"

소통한다고 인터넷을 만들어 봐야 거기서 뭘 읽을지 결정해서 출력해 오는 사람은 그들이다.

유민택이 거기에 올라오는 사람들의 글을 한꺼번에 다 읽을 수는 없기 때문이다.

"유지훈 상무 같은 사람은 단기적으로는 일을 잘하는 것처럼 보입니다. 직원들을 쥐어짜고 그 실적을 가로채니까요. 하지만 기업의 입장에서 장기적으로 보면, 그는 나무에 기생하는 벌레 같은 인간입니다. 아무런 이득도 없이 나무의 영양분만을 빼먹죠."

성공한 프로젝트는 그가 아니더라도 성공했을 것이다.

하지만 그는 중간에서 그 모든 공을 독식한다. 그리고 유능한 직원은 나가떨어진다.

“기본적으로 한국의 문화는 간단합니다. 죽어 나가떨어질 때까지 쥐어짜자. 직원을 동반자나 프로가 아니라 노예로 보는 거죠.”

안식년이라는 말이 있다.

안식이라고 해서 기독교에서 쓰는 말이 아니다.

안식년이란 회사원에게 주는 중장기 휴가를 뜻한다.

일반적으로 1년 정도의 시간을 주기 때문에 안식년이라고 한다.

“해외에서 안식년을 도입하는 이유는 간단합니다. 유능한 프로를 잃어버리고 신입을 받아서 가르치느니 차라리 프로가 훨씬 싸게 먹힌다는 거죠.”

가령 이 일에 대해서 잘 아는 사람이라면 신입의 세 배 이상의 일을 한다.

하지만 대기업들은 신입도 쥐어짜면 일을 많이 할 수 있다는 생각에 오래된 사람을 자르고 신입을, 그것도 비정규직을 선택한다.

당장은 돈이 안 들기 때문이다.

“하지만 장기적으로 보면 직원들은 쉽게 지치고 열정을 잃어버립니다. 그 후에는 기업의 성장성이 둔화되지요.”

그럴 수밖에 없다.

그렇게 되면 점차 기업의 중간 계층이 없어지고, 쥐어짜는 자와 뜯기는 자로 분류되기 때문이다.

"프로라."

"가족 같은 소리는 하지 말라고 하세요. 아무리 여기서 잘해 줘도 여기에 있는 사람들은 가족이 아닙니다. 어떠한 경우에도 자르지 않겠다는 보증을 하면 모를까."

하지만 그건 당연히 불가능한 일이다.

그렇게 되면 누가 일하겠는가, 어차피 자르지도 못할 텐데?

"결국 가족 같은 회사라는 건 말도 안 되는 꿈이지요."

"그러면 어쩌자는 건가? 솔직히 한창 성화와 전쟁하는 중일세. 자네가 지난번에 우리를 도와준 덕분에 성화 쪽을 강하게 밀어붙이고 있어. 이 상황에서 시스템을 바꾼다는 건 말도 안 되네."

유민택은 노형진의 말에 선을 확실하게 그었다.

아무리 노형진의 말이 맞는다고 해도 시기라는 게 있다.

지금 시스템을 바꾼다고 해서 시간을 끌면 성화가 재기하는 최악의 상황이 될 수도 있다.

"물론 지금 바꾸라는 건 말도 안 됩니다. 바꿀 수도 없고요. 저, 그 정도 상식도 없는 사람 아닙니다."

"그러면 어쩌란 말인가?"

대책이 없는 상황에서 유민택은 살짝 얼굴을 찡그렸다.

그러자 노형진이 씨익 웃었다.

“뭐, 방법이 있겠습니까? 고소당해야지요.”
“뭐어?”
노형진의 말에 유민택은 어이가 없다는 듯 입을 쩍 벌렸다.

위에서 내려찍자

"회…… 회장님을 직접 고소하신다고요?"

"직접은 아니고 피고 중 한 명이죠. 피고 1은 주식회사 대룡. 피고 2는 회장 유민택."

성문식의 얼굴이 사색이 되었다.

물론 이 일을 꺼냈을 때는 잘릴 각오를 하고 온 것이다.

어차피 자신은 위에 찍힌 상황이다.

자신의 실적을 빼앗아 간 것을 항의했기 때문이다.

"원래 고소하기로 하지 않으셨습니까?"

"그거야 그렇지만……."

성문식은 당황해서 눈을 데굴데굴 굴렸다.

자신이 생각한 것은 노형진을 통해 사실을 알리는 것이었지, 진짜로 소송전까지 가는 것은 아니었다.

그런데 노형진은 진짜로 소송을 하겠다는 것이다.

“그러면 변론은?”

“공식적으로는 새론이 아닌 다른 사람이 할 겁니다. 아마도 법무 팀이 하지 않을까요?”

“네? 그럼 새론은?”

“당연히 성문식 씨와 함께하는 거죠.”

“헐.”

새론과 대룡의 관계를 모르는 사람은 없다.

당연히 새론이 대룡을 선택할 거라 생각했다.

그런데 새론은 대룡이 아니라 성문식을 선택한 것이다.

“하지만…… 나중에 불이익이 있을지도 모릅니다.”

“우리를 걱정해 주시는 겁니까?”

“그거야…….”

이 소식이 전해지면 아마도 법조계가 소란스러워질 것이다.

대룡과 새론이 사이가 틀어졌다는 소문은 기본일 테고, 그 자리를 파고들려고 하는 녀석도 있을 것이다.

“걱정하지 마세요. 그건 다 준비가 되어 있습니다.”

“준비가 되어 있다고요?”

“네.”

성문식은 고개를 갸웃했다.

준비가 다 되었다는 말이 이해가 가지 않았던 것이다.

"조직이라는 곳에서 가장 무서운 게 뭔지 아십니까?"

"뭔데요?"

"위에서 깨지면서 내려오는 겁니다."

"그게 무슨 말씀이신지……?"

성문식은 처음에는 이해하지 못하고 멍하니 노형진을 바라보았다.

하지만 얼마 지나지 않아서 바로 이해한 그는 곧 웃음을 터트렸다.

"푸하하하!"

노형진은 그 모습을 보면서 씩 웃었다.

⚖

얼마 후, 사람들이 발칵 뒤집히는 상황이 벌어졌다.

그동안 한배를 탄 새론과 대룡이 난데없이 서로 소송하기 시작한 것이다.

"이게 사실이야?"

사람들은 지금 벌어진 일이 의심스러웠다.

하지만 실제로 소장이 접수되었고 실제로 송달되었다.

그것도 회사뿐만 아니라 회장에게까지 직접 말이다.

"이게 무슨 소리야? 말이 안 되잖아? 다른 곳도 아니고 대룡과 새론이 소송해? 그게 말이나 된다고 생각해?"

신문사의 편집장은 자신에게 들어온 보고가 의심스러웠다.

다른 곳은 몰라도 대룡과 새론은 거의 한 몸이나 마찬가지였기 때문이다.

"확실한 거예요. 이미 회장한테 소송장이 들어갔다고요."

"헐."

편집장은 어이가 없어서 황철수를 물끄러미 바라보았다.

"왜 가만히 있어?"

"네?"

"이 새끼야! 왜 가만히 있느냐고! 이런 건 수가 있으면 어떻게 해서든 취재해 와야 할 거 아냐! 이게 얼마나 중요한 건수인지 알아?"

새론은 대룡의 주요 소송을 다 하는 곳이다.

그런데 그런 곳이 갑자기 대룡과 척을 지겠다니.

"이유가 있을 거 아냐! 이유가!"

"그건 잘……."

"이 새끼야, 기사에다가 대룡과 새론이 소송하는데 이유는 잘 모른다고 쓸 거야?"

황철수는 할 말이 없었다.

자신이라고 해도 소송 내용을 볼 수는 없었기 때문이다.

어찌어찌해서 소송 중인 건 알았지만 말이다.

"당장 가서 취재해 오란 말이다!"

"네."

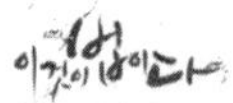

엉겁결에 쫓겨난 황철수는 투덜거렸다.

"씨발, 왜 나만 가지고 그래. 누구는 취재하고 싶지 않은 줄 알아?"

변호사 사무실들이 다 취재하기 힘든 게 사실이지만, 특히 새론은 취재하기가 힘들었다.

내부에 스파이를 심는 것도 힘들었고, 그렇다고 취재 요청을 잘 받아 주는 곳도 아니었기 때문이다.

"어떻게 하겠어요. 시늉이라도 해 봐야지."

"쩝……."

다른 기자의 말을 들으면서 입맛을 다신 황철수는 새론으로 전화를 걸었다.

"안녕하세요. 여기 새벽일보 황철수입니다."

－그런데요?

"이번에 새론이 대룡과 소송한다고 하시던데요. 그와 관련해서 인터뷰해 주실 생각이 없나 해서요."

황철수는 별 기대를 하지 않고 물었다.

그런데 그다음 순간 들린 말은 자신의 귀를 의심하게 만들었다.

－아, 그거요? 안 그래도 인터뷰하신다고 하던데요.

"네?"

－아무래도 상황이 특수하다 보니까요.

"특수?"

그러고 보니 새론은 언론 플레이를 잘하는 곳 중 하나다.

특히나 언론 플레이를 한다는 건 무척이나 중요하고 예민한 말 그대로 특종이 될 만한 사건에 한해서였다.

"호…… 혹시 언제 하신다고 하던가요?"

－시간은 안 정해졌고요. 일단 신청이 들어오는 대로 하신다고 하던데요.

"신청? 그럼 신청은 많이 들어왔습니까?"

－아니요. 아직입니다.

그는 벌떡 일어났다. 그리고 전화통에 붙잡고 고래고래 소리를 질렀다.

"지금 갑니다! 네? 아뇨! 오늘이 아니고 지금 당장요!"

그리고 전화기를 던지고 냅다 뛰기 시작했다.

"안녕하세요. 노형진입니다."

"아, 새벽일보의 황철수입니다."

황철수는 자신을 소개하고는 명함을 내밀었다.

"그나저나 어떻게 아셨습니까, 인터뷰할 거라는 사실을?"

"운이 좋았지요, 하하하."

황철수는 싱글벙글이었다.

워낙 철통으로 보안을 지키는 새론이라 이렇게 인터뷰를

따는 게 쉽지 않다고 다른 곳들이 아예 포기하고 연락을 하지 않은 덕분에 자신이 독점 인터뷰를 할 수 있게 된 것이다.

"일단 새론과 대룡이 소송하게 되었는데요. 왜 그런 선택을 하신 겁니까?"

"글쎄요? 전 그 질문이 더 이상하군요."

"네?"

노형진은 빙긋 웃으면서 황철수에게 차근차근 설명하기 시작했다.

"우리는 로펌입니다. 변호사들이지요. 변호사들의 최고의 덕목은 도움이 필요한 사람의 변론을 해 주는 겁니다."

"그러면 이번에 변론을 부탁하신 분들이 대룡과 싸움을 원하셨단 말입니까?"

"그렇지 않다면 우리가 대룡과 소송할 이유가 없지요."

황철수는 입을 쩍 벌렸다.

대룡이 새론에 주는 돈은 적지 않다.

그런데 그 돈을 못 받게 될 가능성이 높다.

아니, 분명 못 받게 된다.

그런데 의뢰인을 위해서 소송하다니.

'설마 성화?'

그가 생각나는 것은 그것뿐이었다.

당장 그거 말고는 대룡과 새론이 갈라설 이유가 없었다.

그 정도 돈을 줄 만한 곳은 없으니까.

"혹시…… 성화입니까?"

만일 지금 상황에서 대룡과 새론이 결별하고 성화와 새론이 결탁한다면 대한민국 경제계는 지각변동이 벌어질 것이 확실하기 때문에 황철수는 조심스럽게 물었다.

"그럴 리가 있나요. 우리 새론은 대룡의 의뢰를 받아서 성화와 소송 중인 사건이 몇 개 있습니다. 그런데 성화의 의뢰를 받아서 대룡과 싸우면 변호사로서 양심이 없는 거죠."

"그럼 누구입니까?"

그들 말고는 딱히 생각나는 곳이 없었기 때문에 황철수는 조심스럽게 물었다.

"대룡 직원분들입니다."

"네에? 직원요?"

다른 거대 기업이나 정부 같은 곳을 기대하던 황철수는 직원이라는 말에 고개를 갸웃했다.

"지금 직원이라고 하셨습니까?"

"네."

"아니…… 왜 하필이면 직원들을 위해서……?"

아무리 대룡 직원이라고 하지만 결국은 일반인이다.

그들이 줄 수는 있는 돈은 한정되어 있다.

"그분들은 우리의 도움이 필요하시니까요."

"도움이 필요하시다고요?"

"현재 대룡 내부는 적잖이 썩어 있습니다. 물론 우리나라의 그 어떤 대기업도 이분들과 똑같은 문제를 가지고 있을 겁니다."

"어떤 거죠?"

"부당한 기업 문화죠."

"부당한 기업 문화?"

"네."

노형진은 성문식이 당한 일을 차근차근 말하기 시작했다.

물론 소송 당사자는 성문식뿐만이 아니다.

성문식이 의견을 함께하는 사람들을 많이 모아 와서 그 소송 당사자의 숫자가 무려 쉰 명이 넘었다.

"기존에 있던 기득권층이라는 이유로 사원들을 괴롭히는 행위가 심각하죠. 일한 것을 빼앗아 가서 공적을 가로채는 것은 흔한 일이고요."

황철수는 고개를 끄덕거렸다.

실제로 그런 일은 흔하게 벌어진다.

심지어 기자들의 세계에서도 그런 일이 존재한다.

자신이 죽어라 취재해서 이제 완성만 하면 되는 기삿거리에 이름만 올리는 경우도 있었고, 쓸 만한 뉴스거리는 위에서 잽싸게 채 가는 경우도 있었다.

"그뿐만 아니라 다른 것도 많죠."

"그렇지요. 성희롱 같은 건 아주 흔한 일이고."

부하들에게 일을 떠넘기고 사우나에 간다거나 외근하러 나간답시고 나가서 뺄 짓을 하는 건 흔하게 벌어지는 일이다.

부하 직원들은 외근 나가야 하는 걸 다 보고해야 하지만 정작 보고받아야 하는 인간들은 사우나를 다니면서 시간을 죽이는 것이다.

"그런 만큼 기업은 타격을 입는 겁니다. 솔직히 월급을 더 받는 사람들은 그들입니다. 그리고 그런 그들을 관리해야 하는 사람들은 다름 아닌 회사죠."

"흠……."

황철수는 고개를 끄덕거렸다.

자신뿐만 아니라 대한민국의 대부분의 사람들은 그 점을 인정한다.

당장 이런 문제는 한국 전반에 걸쳐서 생긴 일이다.

그렇다고 고치느냐?

고치지 않는다.

아니, 고치지 못한다.

고쳐야 하는 사람들이 그런 사람들이니까.

"그래서 그에 대해 제대로 관리하지 못한 책임을 묻는 겁니다."

"대룡에요?"

"네."

"허."

황철수는 놀랄 수밖에 없었다.

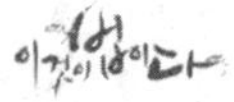

일반적으로 대기업은 자신들의 말을 듣지 않는 곳이라면 거래를 끊어 버린다.

하물며 대체제가 없는 것도 아니고, 새론이 아무리 크다지만 상당한 규모의 로펌은 한국에 쌓이고 쌓였다.

“그 과정에서 대룡과 척을 진다 하더라도요?”

노형진은 피식 웃었다.

“그래서요?”

“그래서라니요?”

“아까도 말씀드렸다시피 변호사는 의뢰인의 수익을 위해서 일합니다. 상대가 누구든 도망가거나 굽실거려서는 안 됩니다. 그렇게 되는 순간 변호사는 변호사로서의 자긍심뿐만 아니라 존재 의의를 잃어버리는 겁니다.”

“상대가 주 거래처라 할지라도요?”

“네, 원래 세상은 간신보다는 충신이 쓴소리를 하는 법입니다.”

노형진의 말에 황철수는 왠지 모를 감동을 받았다.

‘아직도 이런 곳이 있기는 있구나.’

수많은 로펌들과 변호사들이 권력에 딸랑거리고 고개를 숙였다. 하지만 새론은 불이익을 감수하겠다면서 자신들이 추구하는 정의를 주장하는 것이다.

“감동적입니다.”

그는 최대한 이번 일에 대해서 우호적으로 쓰겠다는 생각을 하기 시작했다.

⚖

투욱.

신문이 바닥을 나뒹굴었다.

새벽일보를 기점으로 시작해서 수많은 언론사들이 새론과 대룡의 사이가 틀어져 소송한다는 사실을 보도하고 있었다.

그 소문의 영향은 생각보다 엄청났다.

벌써 주식이 흔들리고 있었고, 한쪽에서는 성화가 새론을 영입한다는 이야기가 나오고 있었다.

"이거 어쩔 겁니까!"

"죄…… 죄송합니다."

유민택의 말에 부하들은 잔뜩 움츠러들었다.

그럴 수밖에 없는 게, 진짜로 새론이 성화로 넘어가게 되면 그 이후에 벌어질 일은 한마디로 악몽 그 자체이기 때문이다.

소송하기 위해서는 관련된 서류만 필요한 게 아니다.

만일 소송하게 되면 상대방의 공격을 예측하고 그걸 막기 위해 여러 가지 사항에 대해서 준비하게 된다.

즉, 좋든 싫든 새론은 대룡의 비밀에 대해서 알게 된다는 뜻이다.

"새론에는 뭐라고 합니까?"

"현재 새론은 대룡과 소송 중이라서 접촉은 자제해 달랍니다."

일이 터지자 너도나도 새론으로 전화를 걸었다.

몇몇은 새론으로 직접 달려가기도 했다.

하지만 새론에서는 그들과 접촉하지 않았다.

물론 법적인 문제가 있는 몇몇 변호사들은 접촉하고 이야기하기도 했지만 이번 사건에 관해서는 일절 이야기하지 않았다.

"회장님…… 혹시 회장님은 아시는 거 없습니까?"

유민택의 이마의 혈관이 분노로 인해 불거졌다.

하지만 그런 그의 상태를 알아채지 못한 이사는 다시 물어봤다.

"아무래도 회장님은 노형진 변호사와 친밀한 관계이시지 않습니까? 그러니까……."

"최 이사."

"네?"

"지금 대가리에 총 맞았나?"

"그…… 그게 무슨……?"

"내가 소장 복사해서 읽어 보라고 보낸 게 어제야. 그런데 그런 질문이 나와, 지금?"

"그…… 그게……."

최 이사는 그게 무슨 소리인지 몰라서 어리둥절해졌다.

소장에는 정석적인 내용만 적혀 있었기 때문이다.

그런 최 이사를 보다 못한 옆 사람이 그의 옆구리를 쿡 찔렀다.

“최 이사, 이번 사건의 담당 변호사가 노형진 변호사예요.”

“헉!”

사색이 되는 최 이사.

그리고 그걸 보면서 유민택은 얼굴을 찌푸렸다.

‘도대체 무능한 놈들이 어느 정도까지 올라온 거야?’

물론 단순한 실수일 수도 있다.

그런데 다른 사람도 아니고 회장이 직접 복사해서 회의 전까지 읽고 오라고 한 것에 대해서 이런 실수를 하는 인간이라면 아래서 올라오는 보고서에 대해서 얼마나 검증해 줄지는 미지수다.

“최 이사, 나가요.”

“네?”

“나가라고 했습니다.”

“회…… 회장님! 그건 실수입니다!”

“실수고 나발이고 나가요.”

소장에 떡하니 노형진의 이름이 쓰여 있고, 기자가 인터뷰한 사람도 노형진이다.

최소한의 관심만 있었어도 노형진이 담당 변호사라는 것을 모를 수가 없는 것이다.

그런데 회장에게 물어보다니.

"회장님, 한 번만 봐주십시오!"

무릎을 꿇고 싹싹 비는 최 이사.

하지만 유민택은 그런 그를 돌아보지도 않았다.

"끌어내."

"회장님!"

그걸 본 사람들은 침을 꿀꺽 삼켰다.

그럴 수밖에 없는 게, 이사급은 노동자가 아니라서 법의 보호를 받지 못한다.

하물며 이곳은 대룡이다.

대룡은 유씨 집안의 기업이나 마찬가지인데, 유민택은 그 집의 장손이며 또한 기업을 책임지고 있다.

'몸을 사려야 한다.'

얼마 전, 유지훈이라는 사람이 지방으로 발령받았다.

승승장구하던 유씨 집안의 사람인데 갑자기 이유도 없이 지방으로 발령받은 것이다.

그런 상황인데 과연 자신들의 목이 안전할지는 모를 일이다.

"이 일들이 사실입니까?"

유민택은 이를 빠드득 갈면서 물었다.

이사들은 눈을 데굴데굴 굴렸다.

"박 이사."

"네, 넵!"

"그러고 보니 박 이사가 지난번에 자신이 추진한 프로젝트라고 가지고 온 거 말입니다."

"어…… 어떤 거 말씀이신지……?"

"SNS를 통한 홍보 전략이라는 프로젝트 말입니다."

"네? 아, 네. 제가 올렸지요."

유민택은 자신의 스마트폰을 들었다.

"박 이사가 하는 그 SNS 좀 봅시다."

"네?"

"그 SNS 좀 보자고요. 설마 SNS도 하지 않는 사람이 그렇게 명확한 해결책을 내놓았다고 보기는 힘들고."

박 이사는 눈을 떼굴떼굴 굴렸다.

"주소 좀 불러 봐요."

"그게……."

"주소 모릅니까? 그러면 나한테 문자로 링크라도 보내든가."

박 이사는 조심스럽게 입을 열었다.

"죄송합니다. 제가 SNS를 하지 않아서……."

유민택은 입을 쩍 벌렸다.

"지금 장난합니까?"

바로 얼마 전 보고서에서 SNS의 이점과 효과 그리고 비용 등을 열심히 설명하던 사람이 정작 그걸 하지 않는단다.

"그러면 그런 정보나 설명은 누가 한 겁니까?"

"그게…… 아래에서……."

"아래? 누구요?"

"최 부장이……."

유민택은 바로 내선을 들어서 콜을 때렸다.

"홍보 팀 최 부장더러 들어오라고 해요."

채 10분도 되지 않아서 헐레벌떡 들어온 최 부장.

유민택은 그런 최 부장을 노려보면서 지그시 물었다.

"최 부장."

"네…… 회장님."

"자네가 SNS 홍보 전략을 만들었다지?"

"네, 그렇습니다!"

"그러면 자네 SNS 좀 둘러보세."

"네?"

"자네 SNS 좀 보자고. 주소 모르나?"

박 이사와 같이 눈을 데굴데굴 굴리는 최 부장을 보면서 유민택의 얼굴이 사정없이 일그러지기 시작했다.

"자네가 만든 거 아닌가?"

"그게…… 제가 관련된 게…… 맞기는 합니다만…… 모든 책임은 곽 과장에게 있습니다."

"곽 과장?"

"네, 그렇습니다. 이 모든 것은 곽 과장이 만든 겁니다."

유민택은 어이가 없었다.

최 부장까지야 자신이 아는 사람이지만 곽 과장이라는 인간은 모르는 사람이기 때문이다.

“그 사람 부서랑 정확한 이름이 뭐야!”

결국 곽 과장까지 부른 유민택.

그러나 그 곽 과장이라는 사람이 왔을 때는 어이가 없어서 말이 나오지 않았다.

“김 대리가 만든 겁니다.”

“김 대리는 또 누구야?”

“그게…… 김성삼 대리라고…… 일하는 사람입니다. 그 사람이 모든 걸 만들었습니다.”

“허…….”

이제는 기가 차서 말이 안 나오는 유민택.

결국 그 김성삼 대리라는 사람까지 불러왔다.

“대리 김성삼…… 부름을 받고 왔습니다.”

그는 들어오자마자 바짝 얼었다.

회장부터 이사, 부장, 과장까지, 일이 틀어져도 단단히 틀어졌다는 느낌이 확 들었기 때문이다.

“김성삼 대리.”

“네?”

“자네가 SNS 홍보 전략을 짜서 올렸나?”

“그…… 그게…….”

“아니다, 맞다 중 하나만 말해.”

“죄송합니다. 제가 한 게 맞습니다.”

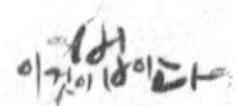

그는 고개를 푹 숙였다.

그게 잘못이 될 거라고는 생각도 못 했던 것이다.

'씨발…… 잘리겠구나.'

이 정도로 일이 커진 거면 잘리는 것은 확정이다.

다른 사람도 아니고 회장이 직접 호출하다니.

'망했다.'

잘리는 거라면 그나마 다행이다.

대룡과 일하는 새론은 악착같은 걸로는 둘째가라면 서럽다.

분명 손해배상을 요구할 거라는 생각에 그는 정신이 아득해졌다.

"자네 SNS 좀 불러 봐."

"네……. 제 SNS 주소는……."

포기하고 사실대로 말하는 김성삼 대리.

유민택은 스마트폰으로 그의 SNS를 살펴보기 시작했다.

'확실히 많군.'

그를 소위 팔로 하는 사람들도 많고 그와 소통하는 사람도 많다.

얼핏 보이는 방식이 보고서에 있는 방식과 비슷하기도 하다. 즉, 이건 명실상부하게 그가 만든 프로젝트인 것이다.

'기가 막히는군.'

보아하니 대리가 만든 프로젝트를 과장이 가로채고, 그걸 또 부장이 가로채고, 그 후에 이사가 가로채는 과정을 밟아

온 게 분명했다.

'어쩐지…… 돈 냄새가 나더라니.'

유민택은 프로젝트에서 돈 냄새가 나는 것을 느꼈다.

그래서 극찬했는데, 정작 가로챈 녀석들은 아예 SNS를 하지 않았다.

운전하지 않는 놈이 아무리 이론으로 배운다고 한들 그걸 이해할 가능성은 없다.

"하아."

머리를 부여잡는 유민택.

그는 문득 노형진이 했던 말이 생각났다.

"월급 루팡이라고 아십니까?"

"월급 루팡?"

"루팡이란 어떤 소설에 나오는 괴도입니다. 회사에서 일하면서 일은 하지 않고 남의 실적을 가로채면서 월급을 도둑질해 가는 사람을 월급 루팡이라고 하지요. 그리고 일반적으로 그런 사람은 보통 20% 정도 된다고 보시면 됩니다."

그때 유민택은 피식 웃으면서 '설마.' 라고 대답했었다.

'20%? 장난해?'

당장 김성삼 대리가 한 걸 세 명이 뜯어먹었다.

이런 식이면 월급 루팡이 20%가 아니라 20%가 일하고 나머지는 다 월급 루팡이라는 소리가 된다.

더군다나 그 뜯어먹는 놈들의 월급이 몇 배다.

이사의 경우에는 대리 월급의 열 배를 훌쩍 뛰어넘는다.

"하아."

유민택은 고개를 절레절레 흔들었다.

"나가요."

"네?"

"다들 나가라고 했습니다."

"회…… 회장님."

"나가라는 말 안 들려요?"

"알겠습니다."

우물쭈물 나가는 사람들.

"나가기 전에 김성삼 대리에게 상여금을 지급해요. 400만 원."

"네?"

"일을 잘했으면 상을 줘야 하는 거 아닙니까?"

"그거야 그렇습니다만……."

쭈뼛거리면서 나가는 사람들은 말하지 못했다.

졸지에 상여금을 받게 된 김성삼은 어리둥절할 수밖에 없었다.

"이제 나가요……."

"네……."

어리둥절한 김성삼을 밀어서 바깥으로 나가는 사람들.

그들이 나가고 난 후에 유민택은 앉아 있던 소파 아래에서 작은 핸드폰을 꺼냈다.

도저히 회장이 쓴다고는 볼 수 없는, 작고 초라한 핸드폰.

"노형진 변호사, 날세."

그건 노형진이 연락하기 위해 준 대포폰이었다.

공식적으로 유민택과 노형진은 연락하지 않아야 하니까.

-아, 안 그래도 연락하실 거라 생각하고 기다리고 있었습니다.

"기가 막혀서 말이 나오질 않는군."

사실 소송에 관련된 것은 모두 짠 것이다.

노형진과 유민택은 필요에 따라서 소송을 진행하기로 한 것이다.

노형진의 입장에서는 대기업을 피해서 의뢰를 받는다는 타이틀이 달갑지 않다.

반대로 유민택의 입장에서는 노형진의 말이 맞는다면 한 번 내부 정리를 해야 하는데, 그 핑계가 절실하다.

그런데 만일 내부에서 제대로 관리하지 않아서 이런 문제가 생겼다는 소송이 들어오면 적당한 핑계가 된다.

더군다나 소송의 대상을 단순히 대룡이 아닌 대룡의 회장인 유민택을 했다.

직접적으로 유민택을 노리고 있다는 이미지를 줌으로써 실질적으로 유민택이 분노하고 내부를 정리할 수 있는 핑계를 만들어 주기 위해서였다.

–그런가요?

"이런 상태로 회사가 굴러간 게 이상할 정도일세."

오늘 벌어진 것은 그동안 몰래 조사한 것에 대한 확인 절차일 뿐이었다.

그나마 자신까지 올라온 보고서에 관한 것만 해도 이 지경인데 자신에게 보고가 올라오지 않는 부장급 선이나 이사급에서 끝난 일이라면 얼마나 개판인지 답이 나오지 않았다.

–제가 말씀드렸잖습니까, 고질적인 문제가 있을 거라고?

"이 정도일 거라고는 생각하지 못했네."

유민택의 입장에서는 돌아 버릴 일이었다.

아무리 동의했다지만 자신이 소송당하는 게 기분 좋은 일은 아니다.

사실 이런 일이 그다지 심하지 않을 거라는 생각에 동의해서 노형진에게 소송을 진행하라고 한 것이다.

그런데 자신에게 오는 것까지 가로채서 보고할 정도면 심각한 정도가 아니라 썩어 빠진 것이다.

–원래 가장 쉽게 썩는 시기가 외부에 적이 있는 시기라고 하죠.

"끄응…… 부정은 하지 못하겠군."

외부에 확실한 적이 있으면 모든 핑계를 그들에게 뒤집어 씌울 수 있다.

가령 극우라는 인간들이 사회적으로 잘못된 행동에 대해서 지적하면 종북으로 몰아가면서 빨갱이 타령하는 것이 그것이다.

–지금 대룡의 가장 큰 적은 성화입니다. 그리고 성화를 이기기 위해서는 실적이 필요하지요. 그래서 더욱 경쟁적인 겁니다.

문제는 그것만이 아니다.

일단 뭐가 잘못되면 성화의 방해라고 주장하는 것이다.

실제로 성화의 방해는 무척이나 집요하게 진행되고 있다. 그래서 처벌하지 않는 것도 있다.

–미국이 가장 부패했던 시절은 구소련과 대립하던 시절입니다. 무슨 문제만 생기면 공산주의자라는 말을 뒤집어씌우면 됐거든요.

"지금 우리가 그런 상태라는 건가?"

–별로 다를 바 없죠.

공적은 빼앗아 가다가 일이 잘못되면 성화에, 그래도 안되면 부하에게 뒤집어씌운다.

차라리 위험부담을 직접 책임지면 덜할 텐데 공은 자신이, 피해는 부하에게 뒤집어씌우니 능력 있는 직원들은 학을 뗄 수밖에 없었다.

"흠……."

유민택은 아무 말도 하지 못했다.

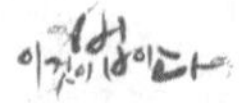

'그렇다고 해서 다 자를 수도 없고.'

당장 이사급의 연봉은 일반 사원의 열 배를 훨씬 넘는다.

즉, 무능력한 이사 한 명을 자르면 능력 있는 젊은 사람을 열 명 넘게 고용할 수 있다는 소리이다.

"그렇다고 막 자를 수도 없지 않은가?"

"그래서 소송을 넣은 거죠"

"그렇기는 하지."

마지막 카드가 있기는 했다.

애초에 유민택이 소송에 동의한 것도 결국은 마지막 카드가 있기 때문이다.

실제로 소송하는 게 아니라 그런 모습을 보여 주는 것이 목적이었으니 말이다.

"하지만……."

문제는 마지막 카드는 무척이나 자존심이 상하는 카드라는 것이다.

"해야 하나?"

"하지 않으신다면 상관없지만 장기적으로 보면 도움이 되실 겁니다."

노형진은 유민택에게 이미 충분한 설명을 했다.

그러니 그걸 선택하지 않는다면 그건 그의 책임이다.

"하지만……."

"어차피 자존심은 자기가 가격을 매기는 거 아니겠습니까?"

유민택은 고개를 끄덕거렸다.

자신의 자존심은 비싸다.

그는 대룡의 총수이며, 대한민국 대기업 회장이다.

하지만 노형진의 작전이 맞는다면 도리어 사람들은 자신의 편을 들어 줄 터.

"감춘다고 모든 것이 해결되는 것은 아닙니다."

"알았네."

유민택은 고개를 끄덕거렸다.

⚖

다음 날, 대룡에서는 기자회견을 자청했다.

안 그래도 대룡의 소송 문제로 인해 많은 사람들이 관심을 가지는 상황에서 대룡의 기자회견은 사람들의 관심을 끌었다.

그리고 그 현장에서는 유민택이 있었다.

"회장님, 준비는 다 되셨습니까?"

"그래."

"하지만 이렇게까지 하셔야겠습니까, 다른 사람들도 있는데?"

유민택은 피식 웃었다.

"내가 이 회사를 자존심으로 세운 거라 생각하나?"

대룡은 유민택이 세운 회사다.

당연히 이곳을 키우기 위해 간이고 쓸개고 다 버리고 뛰어

다녀야 했다.

애초에 집안의 도움으로 컸다고 하지만 그건 어디까지나 금전적인 부분이지, 사회적인 부분에는 한계가 있으니까.

"민주주의 사회에서 국민이 최고의 권력자지. 그들이 돈을 쥐고 있으니까."

"회장님이 그렇게까지 하지 않으셔도……."

"자존심 때문에 고개를 숙이지 못하는 게 더 웃긴 거야."

더군다나 이건 다 사전에 예정된 쇼다.

성공하면 자신들에게 엄청난 이득이 되지만, 실패한다고 해도 그다지 손해는 없다.

그렇다면 당연히 하는 게 맞다.

"내가 알아서 하겠네. 내가 지시한 것만 확실하게 이행하게."

"네."

비서관은 고개를 끄덕거렸다.

유민택은 모든 준비가 끝났음을 확인하고 바깥으로 나갔다.

파파팍!

그가 나오자마자 플래시가 터지는 카메라들.

유민택은 침착하게 그들 앞으로 나가서 인터뷰를 시작하기 시작했다.

"오늘은 제가 이 자리에 선 것은 그동안 벌어진 일에 사과하고자 하는 것입니다."

"그러면 소송 당사자들이 했던 말들이 사실입니까?"

"그렇습니다. 저는 소송에 참가한 다른 사람들을 알지 못합니다. 대부분은 하위직 직원이고 저와는 접점이 없었기 때문입니다."

"그렇다면 책임을 회피하는 건가요, 모르셨다고?"

유민택은 고개를 흔들었다.

저런 질문이 나올 거라 예상했다. 당연히 나올 수밖에 없다.

'그리고 그 대응이 기업의 이미지를 바꾸지.'

우리나라는 이런 일이 터지면 일단 '모른다.'로 일관한다.

특히 회장과 연관되면 더욱 그렇다.

기업보다는 회장님이 더 중요하다고 생각하는 괴상한 문화가 있기 때문이다.

그리고 노형진은 그 점을 노렸다.

"이번 소송에 관하여 저희 대룡은 과실을 100% 인정합니다."

"네에?"

"아니, 그게 무슨……?"

"지금 그게 사실입니까?"

보통 이런 건수에 있어서 일단은 부정하고 '지금은 알아보고 있습니다.'라는 식으로 시간을 끈다.

그리고 소송할 때는 '저 새끼들이 나쁜 새끼'라는 식으로 돌변하는 게 정상이다.

지금까지의 기업들은 그래 왔다. 그런데 대놓고 100% 인정한다니?

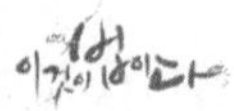

"그게 무슨 말씀이십니까?"

"말 그대로입니다. 100% 잘못을 인정한다는 것입니다. 저희 대룡에는 이런 일이 벌어지지 않도록 막아야 하는 막중한 책임이 있었습니다. 그러나 막지 못했습니다. 저 역시 그 책임을 통감합니다."

그 순간 기자들은 자신의 눈을 의심했다.

유민택이 무릎을 꿇은 것이다.

물론 자신들이 불리한 것과 같은 특정한 상황에서 대기업 총수들이 고개를 숙인 적은 있다.

하지만 이건 그런 상황도 아니었다.

한국 사회 전반에 걸친 부조리인지라 다들 모르는 게 아니었고, 그걸 고치려고 기대도 하지 않았다.

당연히 사람들은 이게 사과할 만한 일이라고 생각하지도 않았다.

도리어 고소한 사람들의 인생이 박살이 났다면 혀를 끌끌 찼다.

그런데 유민택이 무릎을 꿇고 사과한 것이다.

파파팍!

플래시가 엄청나게 터졌으나 유민택은 일어날 줄 몰랐다.

그렇게 한참이 지나 사람들이 웅성거림을 멈추고 나서야 유민택은 자리에서 일어나서 다시 단상에 섰다.

"지금 발언이 법적으로 불리하다는 거 아십니까?"

지금 상황을 믿을 수 없었던 한 기자의 말.

"법적으로까지 갈 생각 없습니다."

"네?"

"새론에서는 원고 측이 요구한 요구 금액 전부를 지불할 생각입니다."

"네에? 자…… 잠깐만요! 전부를요?"

"네."

"하지만 그 배상금에는 회장님께 요구한 것도 있을 텐데요?"

"당연히 그것도 지불할 것입니다. 물론 그건 제 개인의 부덕의 소치로 저에게 청구된 것인 만큼 자비로 지불될 것입니다. 저희 기업의 주주분들에게 피해를 줄 생각은 없습니다."

다들 입이 쩍 벌어졌다.

회장의 개인적인 일이라고 해도 회사에서 돈을 내는 것이 보통이다.

그런데 유민택은 회사 돈이 아닌 자비로 낸다는 것이다.

물론 이건 치밀한 작전을 기반으로 한 발언이다.

회사에 청구한 금액은 1인당 500만 원.

회장에게 청구한 금액은 1인당 50만 원이다.

소송에 참가한 사람들은 총 열 명이니 그래 봐야 5,500만 원이다.

그러나 사람들의 입장에서는 금액이 아닌 그런 기업의 마인드가 놀라운 것이었다.

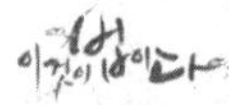

"또한 이번 사태로 인한 피해를 막고자 소송하신 분들에 관해서는 전원 복직시키고 5년간 고용 안전 계약을 해 드릴 것입니다."

"전원 복직?"

이건 전혀 생각하지 못했던 일이었다.

한번 분란을 일으킨 직원을 쓰는 기업은 없기 때문이다.

"그들이 분란을 일으켰는데요?"

"저는 이게 분란이라고 생각하지 않습니다."

"분란이 아니라고요?"

"이건 기업을 지키기 위한 자정작용이라고 생각합니다. 그들은 확실하게 기업에 타격을 줬습니다. 하지만 이 세상이 깨끗해지기 위해서는 누군가 잘못된 것을 지적해야 한다고 생각합니다. 그들은 그걸 지적한 것뿐입니다. 그리고 지적이라는 것은 애정이 없다면 하지 않는 행동입니다."

"헐……."

다들 깜짝 놀랐다. 그렇게 생각하는 사람이 있을 거라고는 생각하지 못했던 것이다.

"하지만 복직한다고 해도 내부에서 버틸 수 있을까요? 회장님의 의견에 동조하지 않는 사람도 많을 텐데요."

자르지 않아도 내보내는 방법은 많다. 적당히 왕따를 시키면 나가지 않을 수가 없다.

"그래서 5년의 시간을 약속한 것입니다. 만일 5년 이내에

자의든 타의든 나가게 된다면 약속된 5년 동안의 임금을 무조건 지급합니다. 또한 이직하게 되는 경우 이곳에서 받는 임금과 그곳의 차이가 있다면 그 차이분에 대해서 지급할 것입니다."

"헉!"

이건 생각도 못 한 조건이었다.

대룡에서 어떻게 해서든 사람들을 지켜 주겠다는 것을 확실하게 한 것이다.

"그리고 내부에 암행 제도를 도입할 것입니다."

"암행 제도라니요?"

"자세한 이야기는 하지 않겠습니다. 암행 제도란 말 그대로 비밀리에 움직이는 것이니까요."

"진짜 하실 겁니까?"

"현재 우리나라에 암행 제도는 많이 이용되고 있습니다."

그건 사실이다.

대표적인 예가 바로 백화점이다.

백화점에는 주기적으로 암행이라고 해서 손님으로 가장한 사람들이 돌아다니면서 직원들의 상태나 행동 등을 조사한다.

"우리는 직원을 차별하지 않습니다. 물론 직접 고객들과 대면하면서 파는 사람들의 행동은 조심해야 합니다. 그건 회사의 매출과도 직결되기 때문입니다. 하지만 직원들의 사기 역시 회사의 매출과 직결된다고 생각합니다. 만일 사기가 낮다면 과연 직원들이 열심히 일할까요?"

"그러면 상시 감시 체제를 만드시겠다는 겁니까?"

"감시가 아닙니다. 암행입니다. 감시는 의심하고 일거수 일투족을 보고하는 거지만 암행은 그들의 행동 중 문제가 될 수 있는 부분만을 보고하는 것입니다."

"그러면 방법은?"

"자세한 이야기는 하지 않겠습니다. 하지만 암행을 담당하게 될 직원은 자신의 신분을 드러내서는 안 되며 그 임기는 1~2년으로 제한됩니다. 한번 암행한 직원은 4년 이내에는 다시 암행할 수 없습니다."

"어째서죠?"

"어찌 되었건 이러한 사실의 보고는 암행하는 직원들에게는 일종의 권력이 될 수 있습니다. 친하다고 보고하지 않고, 싫다고 일부러 그에 대해서만 보고할 수도 있겠지요. 이러한 문제를 막기 위해서입니다. 또한 자신이 암행인 것을 외부에 이야기하는 경우 암행에서 퇴출시킬 뿐만 아니라 인사상 불이익을 줄 예정입니다."

"암행 선발은……."

"그건 비밀입니다. 오늘 인터뷰는 여기까지 하겠습니다."

유민택은 거기까지 말하고 아래로 내려가자 뒤에서 기자들의 애타는 목소리가 터져 나왔다.

"회장님! 회장님!"

청소 준비 완료

"자네 말이 맞군."

유민택은 눈앞에 있는 노형진을 보면서 피식 웃었다.

"주가가 아주 엘리베이터를 탄 것처럼 올라가고 있어."

"국민들이 원하는 말을 해 줬으니 당연한 거죠."

노형진은 차를 마시면서 씩 웃었다.

"그나저나 이번에는 다른 변호사의 도움을 안 받나?"

"이번에는 딱히 제가 가르칠 게 없습니다. 이번에는 법적인 문제가 아닌 감정적인 문제라서요."

"그래?"

매번 다른 변호사들과 일하던 노형진이었기 때문에 물어본 유민택은 수긍하고 고개를 끄덕거렸다.

"더군다나 이건 방식은 간단합니다. 배우고 자시고 할 게 없죠. 다만 생각을 어떻게 바꾸느냐가 관건입니다."

"그렇기는 하더군."

유민택은 이 시스템을 바꾸기 위해서는 계급제도나 등급을 아예 없애야 한다고 생각했다.

'뭐, 다들 그렇게 생각하지.'

대료적인 게 국방부다.

그들은 군대에서 군 내 폭력을 없애겠다는 이유만으로 병사 간 계급을 없애려는 시도를 했다.

하지만 사회가 존재하는 한 선배와 후배가 존재할 수밖에 없고, 선배에게 일을 배워야 하는 입장인 후배로서는 선배에게 존경을 표하지 않을 수가 없다.

"사원과 대리와 과장이라는 직함을 없앤다고 해서 그런 행동이 사라지는 건 아닙니다. 어찌 되었건 그들은 선배로서 자신들의 이득을 위해 움직일 테니까요."

"자네 말대로 했으니 이제 다음 프로젝트를 준비할 단계이군."

"그렇지요."

사실 유민택이 자존심을 꺾어 가면서 사과하고 합의하는 쇼를 한 것은 노형진이 가지고 온 작전이 너무나 마음에 들었기 때문이다.

그대로 한다면 최소한 어느 정도 자정은 할 수 있을 것이다.

"그래도 한편에서는 이참에 다 뜯어고치는 것도 좋지 않느

냐는 말도 있는데?"

노형진은 고개를 흔들었다.

"너무 급진파의 말을 믿지는 마십시오. 빠르다고 다 좋은 건 아닙니다."

"그런가?"

"애초에 대한민국에서 급진적인 사회관계를 설정한 기업이 있기는 합니까?"

"하긴."

일부 급진파는 아예 계급 자체를 타파하고 팀제로 운영하자는 말을 하고 있다.

실제로 그렇게 운영되는 기업들도 존재한다.

하지만 그들의 말은 하나만 맞고 다른 하나는 틀리다.

"그러한 기업들은 기본적으로 개발을 위주로 하는 곳들입니다. 새로운 멤버를 들이는 횟수가 많거나 사람들을 섞어 새로운 자극을 주기 위해 팀 체제로 운영하지요. 하지만 대룡은 그런 부분이 연구와 관련된 몇몇 부서들뿐입니다. 확실히 그런 곳들은 장기적으로 그런 시스템을 도입하는 게 맞습니다만 일반적인 부서는 그러한 새로움보다는 숙련도를 더 중요한 경우가 많습니다."

유민택은 고개를 끄덕거렸다.

사실 짐을 나르거나 포장하는 업무는 창의성이 아니라 숙련도가 더 중요하다.

"그러니 천천히 바꿀 수 있는 것들을 하나씩 바꿔 가 보세요. 뭐, 이번 작전도 아주 천천히는 아니지만."

노형진은 씨익 웃으면서 말했다.

"아니, 이게 무슨 말이야?"

얼마 후, 공지를 본 과장급 이상 사람들은 당황해서 진땀을 흘렸다.

개인 메일과 윗사람들을 통해 내려온 말은 그들을 당황하게 만들었다.

다음과 같은 프로젝트가 시행되오니 이점 유념하시기 바랍니다.

1항. 업무 관련자들은 그 업무에 관하여 전원 보고서 뒷면에 자신의 사내 신분증을 복사하여 첨부한다.

2항. 업무와 관련하여 보고받고 상부에 상신하거나 처리하는 자는 그 업무에 관련된 개인의 의견을 두 쪽 이상 첨부하여 기록을 남겨야 한다.

3항. 업무과 관련하여 상부에 설명해야 하는 경우, 한 명이 아닌 전원이 순환하여 가면서 프로젝트 설명을 실시한다.

4항. 업무와 관련하여 외근을 나가는 사람의 경우 해당 업무지의 사진을 보고서와 함께 첨부하여 제출하여야 한다(날짜 표시 필수).

5항. 사내 관계에 있어서 직급을 이용하여 부당한 업무를 시키거나 자신의 책임을 떠넘기거나 기타 부당한 행위를 한 경우, 해당자는 사건의 경중에 따라 처리되며 그 과정에 민사소송은 따로 진행된다.

갑자기 생긴 조항들은 하위직 사람들에게는 행복감을, 상위직에서 꿀을 빨면서 놀던 사람들에게 절망감을 느끼게 했다.

그럴 수밖에 없는 게 1항의 경우라면 자신이 하위직의 보고서를 빼앗아서 자신의 공적으로 돌릴 수 없기 때문이다.

그렇다고 대충 통과시키지도 못한다.

2항에 따라 자신의 의견을 첨부하려면 그 관련 업무에 대해서 알아야 하기 때문이다.

어찌어찌해서 그걸 빼앗아서 신분증을 빼 버린다고 해도 3항이 문제가 된다.

아는 게 쥐뿔도 없는데 어떻게 이사진 앞에서 프로젝트를 설명할 수 있게 된단 말인가.

더군다나 4항은 그동안 일을 맡겨 두고 나가서 사우나를 가거나 골프를 치러 다니던 과장급이나 부장급 이상의 사람들에게는 정신이 아득해지는 소리였다.

그들은 공식적으로는 외근을 나간다고 통보했기 때문이다.

"이게 말이야, 막걸리야!"

그들은 5항이 얼마나 무서운 조항인지 알지 못한 채로 버럭 소리를 질렀다.

"당장 항의해야 합니다!"

"이건 인권 탄압이에요!"

"당장 항의합시다!"

그들은 그렇게 외치면서 노조로 달려갔다.

회사의 명령에 저항할 수 있는 것은 노조뿐이라 생각했기 때문이다.

그런데 노조에 도착했을 때 노조 위원장은 그들의 말에 시큰둥했다.

"전 좋은 생각인 것 같은데요?"

"뭐라고?"

"그렇지 않습니까? 자신의 일에 자신이 책임진다. 그게 잘못된 건 아닌 것 같은데요."

"지금 그걸 말이라고 하는 거야! 말이 안 되잖아!"

"아니, 뭐가요? 신분증이야 잔뜩 복사해 두고 끼워 넣으면 그만이고, 외근 사진이야 요즘 핸드폰에 카메라가 다 달려 있으니 찍기만 하면 되고, 설명하는 거야 다들 해 보신 거잖아요? 그리고 관련 업무를 하는 사람이 그에 관해 간단한 의견도 달지 못할 만큼 업무에 지식이 없다면 그 업무를 하면 안 되죠."

다들 사색이 되었다.

"너 이 새끼……."

"새끼라고 욕하지 마세요. 저, 노조 위원장입니다."

그는 피식 웃었다.

'니들 속을 모를 줄 알아?'

그들은 그저 월급 루팡 짓을 계속하고 싶은 것뿐이다.

외근이랍시고 사우나에 가고 부하들의 공적을 가지고 오고, 세상이 바뀌는 것과는 상관없이 수년 전, 또는 수십 년 전의 기준을 가지고 판단하고 싶은 것이다. 귀찮으니까.

'그리고 내가 왜 너희들 말을 들어야 하는데?'

애초에 과장급은 일반 직원에 한 줌도 안 되는 수이다.

또한 부장은 아예 노조의 대상이 아니다.

그들은 관리직에 들어가기 때문이다.

당연히 노조 위원장의 입장에서는 일반 직원을 대변할 수밖에 없다.

"스물네 시간 감시 체계를 운영하는 것도 아니고 뭐 했는지 사진 한 장 찍어서 보고하라는 건데, 뭐가 대수라고."

"야! 이거 검열이야! 검열!"

"검열이 아니라 업무 확인이죠. 외근하러 나가서는 골프장에 갔을지 사우나에 갔을지 어떻게 압니까?"

그들의 얼굴이 확 붉어졌지만 뭐라고 할 말이 없었다.

"노조 쪽에서는 이번 일에 관해서 터치할 생각이 없으니까 알아서 하세요."

그들은 뭐라고 말할 수 없는 참담한 기분이 들기 시작했다.

⚖

하수경은 요즘 주변의 분위기가 참 신기했다.

"너, 그거 들었어?"

"뭐?"

"김 과장 있잖아, 맨날 찡찡거리면서도 일은 한다네."

"그 녀석이 일을 한다고? 놀랄 노 자네."

"어쩌겠어. 일하지 않으면 단박에 걸리는데."

위에서 시행한 방법은 간단했지만 효과는 확실했다.

남에게 시킨다고 할지라도 최소한 그 업무에 관한 기본적인 이해는 요구하기 때문에 윗선에서는 어쩔 수 없이 공부할 수밖에 없었던 것이다.

처음에는 보고서를 요약하는 정도로 의견서를 쓰는 꼼수를 쓰기도 했지만, 중간에서 따로 그 의견서만 점검하면서 그런 식의 말장난이 통하지 않게 되었던 것이다.

"남 부장은 잘렸다면서?"

"아직 잘린 건 아니고 복도에 책상을 내놨다고 하더라. 곱게 나갈래, 아니면 자를까 같은 거지, 뭐."

"그럴 줄 알았다니까. 부장은 임원급이잖아? 노동법의 보호도 못 받아서 버티지도 못할 텐데."

"그러니까."

남 부장이라고 불린 인간은 직원들 사이에서도 유명했다.

소위 라인 잘 타고 딸랑이질를 잘해서 올라간 인간이었는데, 그 덕분에 일은 하지 않고 매일같이 외근하러 나간다고 핑계 대고는 접대 골프를 받는 게 일상이었다.

당연히 업무에 관해서 전혀 이해하지 못하고 있었고, 요약본도 이상하거나 말도 되지 않는 내용이 태반이었다.

그렇다 보니 그 무능을 알아챈 대룡에서 마지막 경고를 내린 것이다.

"안 자른 게 이상하다."

"나 같으면 자르겠다. 그 새끼 자르면 열 명은 뽑을걸."

"그렇지?"

직원들과 깔깔거리던 중 하수경은 다른 직원이 한 말에 고개를 갸웃했다.

"아, 그러고 보니 유 부장이 때문에 시끄럽다면서?"

"유 부장? 아, 그 발정 난 개새끼?"

하수경은 고개를 갸웃했다.

"유 부장?"

"아, 넌 모르겠구나. 인사처에 유 부장이라고 있거든. 그런데 인사처가 얼마나 끗발 날리는 데냐."

"그건 그렇지."

말 그대로 어디서 일할지 배정해 주는 곳이다 보니 무척이나 파워가 강한 곳이 인사처다.

그런데 발정 난 개새끼라니?

"그 새끼들이 얼굴 반반한 여자만 보면 발정이 나서 어떻게 해 보려고 낑낑거리는 거 모르냐?"

"난 모르지. 인사처는 나 일하는 데서 멀잖아."

"아, 그렇지. 그래서 넌 마수에서 벗어났구나."

"응?"

"아무래도 인사처잖아. 그게 지랄 같거든."

인사처다 보니 일하는 여직원들의 전화번호나 기타 기록에 쉽게 접근할 수 있다.

그 점을 악용하여 지나가다가 얼굴이 반반한 여자가 있으면 이름을 기억했다가 찾아내서 마구 전화하거나 음란 문자를 보내거나 한다는 것이다.

"그걸 놔둬?"

"뭐, 우리라고 도리가 있겠어?"

과장도 아니고 부장급이다.

여직원들이 쳐 낼 수 있는 수준이 아닌 것이다.

"그뿐만 아니라 더한 짓도 한다니까."

개중에 진짜 마음에 드는 여자가 있으면 어떻게 해서든 불러낸다고 한다. 만일 거절하면 그 위에 있는 사람에게 압력을 넣기까지 한다고 한다.

"그런데 가만둔다고?"

"그 사람, 인사 팀이잖아. 잘못 찍히면 진짜 어디 산골에 처박혀 버리는 수가 없으니까 아무도 말하지 못하는 모양이야."

"아니, 그 녀석이 노리는 게 있을 거 아냐?"

"다행히 아직은 그런 일이 일어나지 않았나 봐."

"뭐?"

하수경은 고개를 갸웃했다.

그런 인간이라면 최후의 순간에 물러날 리가 없기 때문이다.

"왜?"

"안 일어났다기보다는 듣기로는 옛날에 한번 터진 적이 있어서 절대 여자 직원이랑 혼자 못 있게 한다던데?"

일단 여자들이 개인적으로 나가지는 않는다.

그렇게 되면 무슨 일이 벌어지는지 아는 탓이다.

"그래서 내부에 그런 규칙이 있대. 일단 남자 직원이 무조건 함께 가서 술을 진탕 퍼 마시고 발정 난 것 같으면 여자는 대피시키고 나머지 사람들은 2차로 보내 주는."

"헐?"

하수경은 기가 막혀서 말이 나오지 않았다.

그런 말은 처음 들어 봤기 때문이다.

"그런 말도 안 되는 규칙이 있을 리가……."

"진짜 있다니까. 내 동기가 인사 팀이잖아. 아주 치를 떨어. 다른 팀 여자는 그래도 그렇게 하다 보면 나가떨어지는데, 거기서 일하는 사람들은 피하지도 못해. 인사 팀에서 얼마나 여자들이 많이 그만두는지 아니?"

"그 정도야?"

"그래, 사고 친 게 하도 많아서 다 이야기도 못 한다더라."

하수경은 고개를 갸웃했다.

"아니, 왜 안 잘려?"

"성 보면 모르냐? 유 씨잖아."

"아."

이 회사에는 유 씨가 많다.

물론 엄청나게 거대한 회사이기는 하지만 기본적으로 유 씨 집안의 돈이 많이 투자된 회사이다 보니 당연히 유씨 가문 사람들이 많았다.

"그래서 눈치를 보는 수밖에 없지."

"그래?"

하수경은 고개를 갸웃했다.

"어머, 시간이 이렇게 되었네?"

"빨리 들어가자. 늦으면 또 뭐라 한다."

분분히 흩어지는 직원들을 보면서 하수경은 유 부장이라는 이름을 곱씹었다.

⚖

"그 말이 사실인가?"

"네, 제 주변에 알아봤는데 제법 유명했습니다. 제가 지내는 곳과는 건물이 다른 데다 거리도 멀어서 몰랐지만요."

하수경은 침을 꿀꺽 삼키면서 말했다.

자신에게 부여된 암행 팀의 임무.

그걸 수행하는 조건으로 비밀리에 한 달에 200만의 지원금까지 받는다.

"수고했네."

"저, 그럼 가면 되나요?"

"가면 되네."

"네."

하수경은 떨떠름한 표정을 지은 채로 자리에서 일어나 꾸벅 인사하고 조심스럽게 회장실을 나갔다.

아마 보통은 비서실에 보고하면 끝인데, 오늘은 웬일인지 회장실까지 오라고 해서일 것이다.

"어떻게 생각하나?"

"성이 걸리는군요. 아는 사람입니까?"

인사처 부장쯤 되면 요직이고, 유 씨 성이면 집안의 사람일 가능성이 높다.

그런데 정작 유민택은 고개를 흔들었다.

"유 씨이기는 하지만 아는 사람은 아닐세."

"네에? 모른다고요? 하지만……."

"그 녀석이 내 친인척이라고 이야기했겠나? 성을 보고 다른 사람들이 이야기했겠지."

"흠……."

노형진은 유민택의 말에 턱을 쓰다듬으면서 신음을 냈다.

확실히 그럴 수 있는 사항이다. 유 씨 성에 중요한 자리라니.

“물론 인사처 자리가 중요한 자리이기는 하지만 도리어 그 때문에 우리 집안사람은 넣기가 그렇더군.”

“그런가요?”

“그래, 만일 거기에 우리 집안사람은 넣으면 어떻게 되겠나?”

“뻔하군요.”

아마도 숱하게 뇌물이 오가면서 부패하기 시작할 것이다.

그리고 도리어 그걸 노리고 자기한테 그 자리를 달라고 매달리는 인간들도 있을 것이다.

뇌물을 받고 싶어서 정치하는 인간도 있으니 말이다.

“그래서 추천받아서 넣은 건데.”

“잘못 받으셨네요. 도대체 누가 한 겁니까?”

“그건…… 끄응…… 그렇군.”

유민택은 생각을 하다가 뭐가 잘못되었는지 알게 되었다.

“단순한 문제가 아니군.”

부하의 공을 빼앗은 사람은 능력이 있어 보인다.

그래서 그 덕분에 승진한다.

그러니 거기에 줄만 잘 서고 적당히 뇌물과 사바사바만 잘하면 요직을 추천받을 수 있다.

“그런데 그런 녀석들이 제대로 된 인성을 가지고 있을 리 없지.”

그런 녀석들은 대부분 자기 자신을 위해 모든 것을 한다.

당연히 그 녀석들이 요직에 있으면 조직은 급속도로 부패한다.

그런 녀석들은 승진하고 일하는 사람이 도태되면, 사람들은 일하기보다는 정치질과 협작질을 하는 데에 더 노력하게 되니까.

"자네가 왜 이 일에 그렇게 열을 올리는지 알겠군."

기업이 성장할 때는 다들 젊은 세대니까 문제가 안 된다.

하지만 어느 정도 시간이 흐르고 난 뒤에는 나이 먹은 사람이 높은 자리에 있는 게 마냥 좋은 건 아니다.

"경험과 연륜이라는 것도 무시할 것은 아닙니다. 하지만 지금은 조선 시대가 아니라 21세기죠. 10년이면 강산이 변하는 게 아니라 세대가 변하는 시대입니다. 과거의 마인드를 가지고는 젊은 진취적인 기업이 되기 힘듭니다."

"후우, 부정하지는 못하겠네."

성화와의 싸움 초반에는 대룡이 성화에 밀렸다.

노형진이 도와주지 않았다면 아마 판도를 바꾸지 못했을 것이다.

'내 주변에 있는 자들은…….'

대부분 나이를 먹은 자들이다. 그렇다 보니 반응이 느리다.

현대 문명에 대해서 잘 알지도 못하고, 젊은 세대를 이해하지 못한다.

그래서 새로 들어온 젊은 세대들을 위해 늙은 사람들을 내치고 있는 것이다.

"지금 대룡이 성화를 앞선 것은 상생 덕분입니다. 반대로 성화가 대룡에 비등한 싸움을 할 수 있었던 것은 젊음과 패기 덕분이죠."

"만일 우리가 그걸로 채울 수만 있다면……."

"성화를 확실하게 꺾을 수 있습니다."

유민택은 굳게 마음을 굳혔다.

다음 세대를 위해 자신의 손에 피를 묻히겠다고 말이다.

"그러면 이제 뭐부터 할 건가?"

"도태된 녀석들부터 쳐 내기 시작해야지요."

노형진의 눈은 유성모 부장에게 가 있었다.

"크하, 좋다!"

유성모 부장은 술집에서 여자를 끼고 놀고 있었다.

"이봐, 박 과장."

"네, 부장님, 헤헤헤."

"자네 부서에 이번에 새로 들어온 예쁘장한 애 하나 있지?"

박 과장은 등골이 오싹했다.

"네? 누구를 말씀하시는지?"

"거 있잖아, 이번에 스물세 살 먹은 여자애. 집이 광주라던가?"

'이런 쌰앙.'

신입과 부장이 서로 대화해 봤을 가능성은 낮다.

당연히 유 부장이 자신의 힘을 이용해서 그녀의 기록을 뒤진 것이다.

"한번 인사 좀 하고 싶은데."

'아…… 놔…….'

박 부장은 죽을 것 같은 얼굴이 되었다.

이런 식으로 한번 발정 나면 3개월 이상 지랄하기 때문이다.

다음에 마음에 드는 애가 나타날 때까지 말이다.

'그냥 술집 여자로 만족하라고, 이 새끼야.'

속에서는 두들겨 패고 싶었지만 그럴 수 없는 것이 현실.

"헤헤헤."

"한번 인사 좀 시켜 줘 봐. 아니, 이참에 우리 부서로 넣을까? 그 쭈욱 뻗은 각선미 하면, 캬! 기록을 보니까 해당 지역 미스 출신이었다지?"

벌써 알아볼 거 다 알아보고 히죽거리는 유성모를 보면서 등골이 오싹해진 박 과장.

"너무 걱정하지 마. 내가 쓸 만한 남자로 넣어 줄게."

그렇게 말하면서 웃는 유성모를 보면서 박 과장이 사표 던지는 셈치고 한 대 깔까 고민하는 그때였다.

디리링, 디리링.

급하게 울리는 전화기에 유성모가 주섬주섬 자신의 품에서 핸드폰을 꺼내 들었다.

“어, 남궁 과장, 이 시간에 어쩐 일이야? 술이라도 한잔하려고?”

전화는 자신의 파벌에 있는 남궁 과장이었다. 그런데 남궁 과장의 목소리가 무척이나 이상했다.

–그게 아닙니다, 부장님. 큰일 났습니다. 방금 회사 관리팀에서 부장님의 책상과 의자를 뺐습니다. 그리고 집기를 정리하고 있습니다.

“뭐라고!”

유성모 부장은 등골이 서늘해지면서 술이 확 깼다.

“그게 무슨 말이야!”

–모르겠습니다.

상대방의 입에서 모르겠다는 말이 나왔지만, 유성모 부장으로서는 모를 수가 없는 말이었다. 인사 팀인 그로서는 그게 무슨 뜻인지 너무나 잘 알고 있었기 때문이다.

“야근하고 있는데 갑자기 사람들이 오더니…….”

“너 거기에 꼼짝 말고 있어!”

그는 술집을 박차고 나갔다.

하지만 머릿속은 이미 백지처럼 새하얗게 변해 가고 있었다.

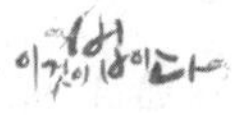

유성모가 사무실에 도착했을 때 그의 눈앞에 보이는 것은 텅 비어 버린 자신의 사무실이었다.

"이게 무슨……."

그는 자신의 눈을 믿을 수가 없었다.

거기에는 자신이 쓰던 책상과는 전혀 다른 싸구려 책상이 놓여 있었고, 입구 옆에는 자신이 쓰던 물건들이 바리바리 상자에 포장되어 있었다.

"이게 뭡니까! 지금 무슨 일이 벌어지고 있냐고요!"

때마침 마무리를 지으러 들어오는 직원을 붙잡고 소리를 지르는 유성모 부장.

"아, 이거요? 위에서 내려온 명령입니다."

"명령?"

"네, 지금부터 부당한 직급 간 차이를 없애겠다고 그중 하나로 쓸데없이 큰 책상을 모두 빼랍니다. 모두 업무용 책상으로 통일한다네요."

유성모는 순간 안심되었다.

그리고 보니 지금 보이는 책상은 일반적인 사원들이 쓰는 업무용 책상이었다.

물론 업무용 책상이 나쁜 건 아니다. 하지만 고급스러워 보이는 부장급 이상의 책상과는 차이가 있어 보였다.

그럴 수밖에 없는 게 부장급 책상 한 개 가격이면 업무용 책상 백 개는 살 수 있으니까.

'회장 이 새끼가 미쳤나.'

자신에게 문제가 생긴 게 아니라는 걸 안 그가 막 속으로 유민택을 욕하려는 그때, 직원이 그 안에 있던 포장된 개인 물품을 꺼내기 시작했다.

"뭐 하는 겁니까?"

"예?"

직원은 짐을 가지고 나가려다가 자신을 막는 유성모의 질문에 고개를 갸웃했다.

"아니, 단순 책상 교체라면서요? 그건 개인 물품 아닙니까?"

"아? 이거요? 책상은 일괄 교체인데 이 물건은 배송 보내야 됩니다."

"배송?"

"네, 이 방 쓰는 사람이 사고를 거하게 쳐서 해직한다고 하던데요?"

유성모의 얼굴이 새파랗게 질렸다.

"해…… 해직요?"

"네, 그 후에도 뭐 한다고 하던데?"

그 순간 '띠리링' 하고 울리는 벨 소리에 그는 창백한 얼굴로 핸드폰을 바라보았다.

그리고 다리가 풀리면서 털썩 주저앉았다.

거기에는 단 하나의 문자가 와 있었다. 그것도 제법 장문으로 말이다.

–수고하셨습니다. 귀하는…….

자신이 수백 번을 보낸 그 해직 문자였다.

⚖

"유성모 부장에게 당한 사람들은 나오라고요?"

"네, 직접적으로 당한 사람도 좋고, 그걸 보거나 느낀 사람들도 좋습니다."

노형진은 모여 있는 사람들을 보고 입을 열었다.

"그의 패악질에 대해서는 누구보다 잘 알고 있습니다. 그래서 이번에 대룡에서는 일벌백계 차원에서 그에게 민사소송을 진행할 예정입니다."

노형진 옆에 있는 비서관의 말에 사람들은 웅성거리기 시작했다.

그제야 얼마 전 공지가 올라온 것이 생각난 것이다.

"그거 그냥 엄포 아닙니까?"

"그냥 엄포였으면 공지를 올리지 않았겠죠."

"헐."

"이미 그에 대해서는 조사가 끝났습니다. 회사 차원에서 민사가 들어갈 겁니다."

유성모는 단순히 성희롱만 한 게 아니었다.

자신이 인사과라는 부분을 이용하여 뇌물을 받고 부당하게 입사시키거나 승진시켜 주는 행동을 계속해 왔던 것이다.

"이번 소송은 회사를 위한 게 아닙니다."

"네에?"

노형진의 말에 다들 고개를 갸웃했다.

"이번 소송은 회사가 아닌 여러분을 위한 것입니다. 대한민국은 자본주의국가이니 범죄자의 범죄행위로 인해 피해를 입었다면 그 피해를 금전으로 보상받을 수 있는 권리가 생깁니다. 그리고 여기에 계시는 많은 분들이 그 피해를 입었습니다."

"그럼 회사에서 민사를 대신해 준다는 겁니까?"

"정확하게는 민사소송에 필요한 변호사 비용을 대신 내 드리는 것뿐입니다. 그거 말고는 재판에 참석할 때 휴가를 내주는 정도가 다겠네요."

사실 대룡의 입장에서는 그다지 큰일은 아니다.

직원들이 거기에 참석한다고 해 봤자 열 명. 그것도 직접적 피해자들만 갈 테니까.

"헐……."

하지만 사원들에게 와닿는 느낌은 전혀 달랐다.

진짜로 소송할 줄은 몰랐던 것이다.

“진짜로 할 겁니까, 계속?”

“당연한 거 아닙니까? 사회는 기본적으로 상대방에 대한 존중과 예의로 이루어집니다. 이런 말이 있습니다, 예의가 사람을 만든다는. 예의를 잃어버린 인간은 사람이 아니라 짐승일 뿐이지요.”

노형진은 미래의 영화의 대사를 인용하면서 사람들에게 용기를 줬다.

“저기, 그러면 그 인간 때문에 퇴직한 언니들은요?”

그 순간 손을 번쩍 들면서 외치는 여자.

“퇴직?”

“그게 그 녀석들에게 성희롱당하다가 결국 그만둔 사람도 상당하거든요.”

“흠…….”

노형진은 뭐라고 해야 하나 고민했다.

그런 노형진의 상황을 해결해 준 것은 다름 아닌 비서였다.

“그 부분에 관해서는 다음과 같이 결론이 났습니다. 복직시키는 것은 무리가 있다. 아무래도 회사란 조직은 티오라는 게 있어서 무조건 받아 줄 수는 없으니까요. 하지만 소송에는 참여시킵니다. 그리고 원하는 경우, 자리가 나는 곳에 계약직으로 입사시킨 후 추후 티오가 나는 대로 정규직으로 전환해 준다는 것이 우리 회사의 입장입니다. 그들은 당당하게 시험을 보고 들어온 직원이니, 그들이 성희롱으로 인해 나간 것은 우리 기업의 입장에서도 큰 손해니까요."

"하지만 그렇게 자리가 날 리가……."

아무리 대룡의 계약직이라고 할지라도 자리가 짠 하고 나는 게 아니다.

당연히 기존에 있던 계약직을 내보내야 하는데, 그마저도 기존에 있던 사람들의 입장에서는 날벼락과 같은 상황이었다.

"그 부분에 대해서는 다음과 같이 결정되었습니다. 기존에 있던 출산휴가와 육아휴직을 적극적으로 쓰게 만들 겁니다."

"아!"

노형진조차도 그 결정에 탄성을 내질렀다.

'역시 유 회장님이라니까. 늙었다고 해도 그 안에 있는 능구렁이가 죽었을 리 없지.'

그동안은 여성 직원들이 윗선의 눈치를 보느라 출산휴가나 육아휴직을 쓰지 못했다.

하지만 이제 회사 차원에서 그걸 막는 사람들에 대한 민사를 진행해 준다고 했으니 분명 그걸 선택하는 사람이 나올 것이다.

'그러면 자리가 나지 않을 수가 없지.'

출산휴가는 아이가 한 명이면 90일, 쌍둥이 이상이면 120일까지 쓸 수 있다.

그리고 그사이 지급되는 월급은 정부에서 일정 부분 지원

한다.

'나머지는 압류한 재산으로 충분히 커버가 가능하지.'

설사 아니라고 할지라도 그 정도 못 낼 정도의 대룡이 아니다.

더군다나 육아휴직은 아이만 있다면 남자도 쓸 수 있다.

그렇게 되면 자리를 만드는 건 일도 아니다.

'완전 머리를 잘 썼는데?'

그렇게 하면 대체 인력을 구하기 쉽다.

일단 회사에서 일해 본 인력이니 적응하기도 쉬울 것이다.

그리고 만일 출산휴가나 육아휴직을 한 사람이 심경의 변화를 일으켜서 퇴직을 결정하면 정규직으로 전환해 버리면 되는 것이다.

"그러니까 여러분은 아무런 걱정 없이 신청하시면 됩니다."

노형진은 피식 웃으면서 사람들에게 말하자, 몇몇 사람들은 바깥으로 나가면서 전화기를 들었다.

해직당한 사람들에게 전화하기 위해서였다.

다음 날부터 언론은 이번 사건에 대해 보도하느라 난리도 아니었다.

회사에서 퇴직당한 사람들에게는 회사에서 묵인해 주는

것이 보통이었다.

그런데 그런 묵인을 해 주지 않겠다는 대룡의 확고한 의지가 드러나기 시작한 것이다.

“피고는 분명 ○○월 ○○일 원고 중 한 명인 최 모 영 씨에게 같이 호텔에 가자고 추근거렸지요?”

“그…… 그런 기억이 없습니다.”

“재판장님, 해당 기억에 관해서 피고는 부정하고 있지만 그 당시 회식 장소에 있던 삼십여 명의 사람들이 있었고, 다들 그러한 일에 대해서 증언하고 있습니다.”

“흠…….”

“거기에다가 그걸 말리는 박찬숙 대리를 싸가지가 없다면서 주먹으로 가격해 코뼈가 주저앉아 병원으로 입원시켰습니다. 안 그렇습니까? 그 당시 병원의 입원 내역과 직원들의 증언이 있습니다.”

“아닙니다!”

유성모는 아니라고 발뺌하고 싶었지만 그럴 수가 없었다.

너무나 확실한 증거가 넘쳐 났기 때문이다.

“그 후에 박찬숙 대리는 난데없이 자재부로 발령이 났습니다. 그것도 서류 업무가 아니라 상하차 부서로 말입니다. 재판장님, 이게 그 당시 박찬숙 대리의 진단서입니다. 박찬숙 대리는 그 당시 임신 4개월의 여성이었습니다. 그리고 발령자는 피고입니다. 아닙니까?”

"아닙니다!"

"하지만 여기에 서류에 사인한 사람은 본인이 맞는데요?"

유성모는 앉아 있음에도 불구하고 다리가 와들와들 떨렸다.

여기서 패배하면 무슨 꼴이 벌어질지 너무나 잘 알기 때문이다.

"결국 피고는 해당 업무에 관련해서 부적응을 이유로 해직되었습니다. 그리고 해직시킨 사람은 유성모 씨 본인 맞지요?"

"아닙니다!"

아니라고 벌써 몇 번이나 말했는지 모른다.

하지만 판사도 그 말을 믿는 눈치가 아니었다.

"그럼 다른 이야기를 해 볼까요? 피고는 ○○월 ○○일 박모 씨로부터 계좌로 3,500만 원을 받았습니다. 현재 경찰 수사 중이라고 본명은 밝히지 못하는 점, 양해 부탁드립니다."

"모릅니다."

"당신 계좌는 다르게 표시되었던데요? 그리고 다음 달에 갑자기 박 모 씨의 아들이 대룡에 취업되었습니다. 정규직으로요. 그 아들이 간 부서는 전산 통합실. 그런데 아드님은 전산 쪽은 전혀 모르는 체육학과 출신이네요?"

"그거야…… 천천히 배워도 된다고 생각해서……."

"재판장님, 여기 해당 취업이 발표되기 직전에 해당 부서에서 유성모 씨에게 발송한 공문을 봐 주시기 바랍니다. 이 내용에 따르면 현재 전산 통합실에서는 인원의 부족으로 인해서 하루 평균 열네 시간 동안 근무하고 있으니 가능하면 빨리 바로 투입할 수 있는 인원을 달라고 했습니다."

"배워서 투입하면 됩니다."

노형진은 코웃음을 쳤다.

"그래서 배워서 한다라? 그러면 최소한 이과라도 뽑아야지요."

"네?"

"재판장님, 여기 해당 입사자의 입사 지원서를 증거로 제출합니다. 여기 특기 사항에 보시면 해당 입사자는 고등학교에서 체육 관련 부서인 씨름부에 있었습니다. 물론 씨름부에 들어가는 것이 문제가 아닙니다. 운동하는 사람이 배우지 말라는 법은 없으니까요. 하지만 해당 학교에 확인해 본 결과, 해당 학생은 문과 쪽입니다. 당장 투입할 수 있는 사항이 아닙니다."

"그건……."

"그리고 해당 취업자에 대해서 입사 3개월 후 공문을 봐 주시기 바랍니다."

노형진은 새로운 서류를 재판부에 제출했다.

"해당 근로자는 컴퓨터 및 전산망에 대해 전혀 이해하지 못하고 있어서 근로자로서 업무에 투입할 수가 없습니다."

노형진은 그렇게 크게 읽고는 유성모를 바라보았다.

"이게 공식적인 보고서에서 나온 겁니다."

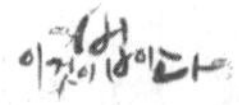

"거기서 차분히 배우면……."

"대룡은 기업입니다. 학교나 학원이 아니라요. 당장 필요한 인력은 전문 인력인데 언제 거기에 가서 배웁니까? 그리고 다른 사람들은 최소 2년제 대학을 나와서 다시 현장에서 실전 교육을 합니다. 그런데 대학도 전혀 나오지 않은, 컴퓨터는 전원만 켤 줄 아는 사람을 가르쳐서 써먹으라고요?"

"……."

"더군다나 본인이 배울 생각이 있는 것도 아닙니다. 해당 근무자에 대한 근무 평가를 볼까요? 해당 근무자는 업무에 관련된 전반적인 지식이 존재하지 않으며, 그걸 배우려는 생각과 의사가 없음. 당연하다면 당연한 겁니다. 그는 평생을 운동을 하면서 선수로서의 꿈을 키워 왔습니다. 그런데 난데없이 전혀 본 적도 없는 컴퓨터실에 던져져서 배우라고 하면 누가 배우고 싶어 하겠습니까?"

그뿐만 아니라 줄줄이 터지는 수많은 비리와 성희롱 사건들 때문에 유성모는 와들와들 떨면서 고개를 돌려서 옆에 있는 변호사를 바라보았다.

그러자 그 시선을 느낀 변호사는 그를 보더니 갑자기 한숨을 푹 쉬기 시작했다.

"에효."

그럴 수밖에 없는 게 이런 일이라고는 전혀 이야기하지 않고 단순한 성희롱 사건이라고 했기 때문이다.

"변호사 양반, 이것 좀 어떻게 해 봐!"
다급하게 말하는 유성모.
하지만 그럴수록 변호사의 한숨만 깊어질 뿐이었다.

"완전히 재기 불능이 되었군."
유민택은 판결문을 보면서 피식 웃었다.
거기에는 유성모의 판결문이 나와 있었다.
형사는 따로 진행되기 때문에 진행된 것이 아직 없었지만, 민사의 경우 피해자가 무려 쉰네 명에 그 배상금만 2억 8천이었다.
"퇴직금은 압류된 거죠?"
"애초에 내주지도 말라고 했네."
일반적으로 회사를 퇴직하면 퇴직금이 나온다.
일반인의 경우에는 정부에서 해 주는 일종의 보증보험이 있지만 임원은 그런 게 없기 때문에 전액 회사에서 나간다.
그런데 이미 퇴직금은 소송이 들어가면서 압류된 상태.
"집에도 갔다 왔다면서?"
"비었더군요."
"하긴, 나도 소식은 들었네. 이혼 소장까지 날아들었다고 하더군."

남편의 엄청난 성범죄를 알게 된 아내는 경악을 금치 못했고, 결국 편지 한 장 남기지 않고 아이들을 데리고 집을 나갔다.

그리고 날아온 이혼 소장.

이쪽은 성범죄 전력이 생길 수밖에 없는 상황인데, 아이들은 여자인지라 당연히 양육권은 빼앗길 것이다.

“양육비 소송까지 할 모양이야.”

“그렇겠지요.”

퇴직금은 빼앗겼고, 집은 압류당했고, 인생에 미래는 없다.

더군다나 부장쯤 되면 나이가 있어서 취업도 못 한다.

물론 대룡에서 부장을 하고 나왔다면 하청 업체에서 모셔가려고 하는 게 정상이다.

그러나 과연 어떤 미친 하청이 대룡에게 소송까지 당한 인간을 데려가겠는가?

“대룡 내부는 어떻습니까?”

“아주 조용해. 요즘처럼 잘 돌아가는 게 신기할 정도야.”

“그렇습니까?”

“그래.”

전에는 중간에서 마음에 들지 않으면 일단 서류를 집어 던지면서 막는 게 다반사였다.

하지만 지금은 그런 행동을 할 수 없어, 위에 올라온 보고서들에 지금까지 생각하지 못했던 참신한 아이디어들로 가득했다.

"도리어 돈이 많이 줄어들었어. 인건비가 줄어들다니, 이건 생각도 못 했는걸."

중간에 있던 월급 루팡들은 결국 적응하지 못했다.

때려잡아서 실적이나 빼앗아 보려고 하던 인간들이 어려운 현실을 이겨 내는 데에는 한계가 있었다.

결국 그들은 스스로 사직서를 내고 나가는 수밖에 없었다.

물론 버티는 사람도 있었다.

그들은 최신 정보와 트렌드를 익히기 위해 악착같이 공부하면서 무능한 인간에서 유능한 인간으로 재탄생되고 있었다.

"젊은 인원은 늘었는데 인건비는 도리어 줄었어. 회사 이미지도 무척이나 젊어졌고."

"회사 이미지가 늙어 가는 건 문제죠."

이번 사건의 가장 큰 이득은 대룡이라는 기업의 이미지가 젊어졌다는 것이다.

현대 대기업들이 가장 힘들어하는 것을 한순간에 성공한 것이다.

"역시 자네는 천재야. 어떻게, 진짜 이쪽으로 올 생각 없나?"

노형진은 피식 웃었다.

"전혀요."

"아깝군."

유민택은 입맛을 다셨지만, 노형진이 오지 않을 거라는 걸 예상은 하고 있었다.

"이제 어쩔 건가?"
"뭐, 다른 사건을 또 맡겠지요."
누군가에게는 인생을 건 사건을 말이다.

당황스러운 손님?

"이예!"

"헐?"

노형진은 어지간하면 당황하지 않는다.

회귀 전 경험과 수많은 난관이 그를 강하게 단련시켰기 때문이다.

그런데 그의 눈앞에는 당황 그 자체가 떡하니 앉아 있었다.

"너, 너, 너……."

"야. 오랜만에 보면 반갑다고 인사는 해 줘야 하는 거 아냐? 그리고 밥도 좀 사 주고."

"그게 문제가 아니잖아? 너 도대체 왜 여기에 있는 거야?"

외근을 마치고 왔더니 자신을 기다리고 있는 손채림을 보면서 노형진은 당황해서 말이 나오지 않았다.

"넌 지금 독일에서 음악을 하고 있어야 하는 거 아니었어?"

분명히 몇 년 전 음악을 하겠다고 홀연히 떠난 손채림이다.

그런데 난데없이 눈앞에 떡하니 나타났으니 어찌 놀라지 않을 수 있겠는가?

"그랬지. 그런데 다시 들어왔어."

"아니, 왜?"

그녀의 재능은 자신이 기억하는 한 엄청나다.

그런데 그 재능을 포기하고 들어오다니, 이해할 수가 없었다.

'그 정도 재능이면 학교에서 모를 리 없는데.'

분명히 학교에서 잡으려고 했을 것이다. 그런데 그냥 들어오다니?

"아, 왜냐하면……."

그녀는 갑자기 손을 들어서 손가락 끝을 살살 비볐다.

"그건 뭐야?"

"쩐이 떨어졌다."

"헐?"

"그러니까 나 꼬기 사 줘. 꼬기, 꼬기."

"꼬기?"

"그래. 꼬기 먹은 지 오래돼서 말이지. 맨날 빵만 먹고 버텼다고."

보아하니 버티다가 어쩔 수 없이 들어온 모양이다.

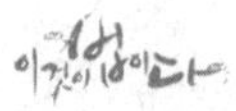

"내가 맛집 찾아 놨어. 가자, 가자, 가자."
"맛집?"
노형진은 손채림의 말에 두 번째로 당황하기 시작했다.

⚖

"너 길치인 주제에 어떻게 여기를 알았냐?"
고기는 맛있었다.
하지만 중요한 건 고기의 맛이 아니라 그녀의 능력이었다.
그녀는 그가 기억하기로는 엄청난 길치다.
그런데 그런 길치가 그의 회사까지 찾아오고, 심지어 처음 오는 곳에 있는 맛집에까지 그를 데려왔다.
그게 너무나도 충격적이라서 그는 물어볼 수밖에 없었다.
"아, 그거? 알고 보니까 후천적 길치더라고."
"후천적 길치?"
"웅, 독일 가니까 고쳐지던데?"
"아니, 후천적 면역 결핍도 아니고 후천적 길치는 뭐야?"
"내가 한국에 있을 때는 맨날 자가용만 타고 다녔잖아."
"그게 뭐? 아!"
노형진은 그제야 대충 상황이 이해가 갔다.
그녀의 말대로 그녀는 한국에 있을 때 자가용만 타고 다녔다.
그것도 운전기사가 운전하는 자가용 말이다.

가끔 그렇지 못한 경우에만 택시를 타고 다녔던 것이다.

"독일에 가서 생각해 보니까 내가 살면서 스스로 걸어서 어디에 도착한 적이 없더라고."

"헐."

노형진은 그녀가 왜 후천적 길치라고 한 건지 알 수가 있었다.

길을 찾고 어디론가 가는 과정은 학습하는 것이다.

어디서 뭐로 갈아타고 어떻게 걸어가야 하는지를 파악하는 일종의 학습.

하지만 그녀는 아버지가 유명한 변호사이자 엄청난 부자이기 때문에 그럴 이유가 없었다.

"그래서 나아진 거라고?"

"독일에 가니 방법이 없잖아. 누가 거기서 날 데리고 다니는 게 아니니까."

"뭐? 독일에서 기사 안 구해 줬냐?"

"응. 도망친 거나 마찬가지였거든."

"헐? 왜?"

"시집가기 싫어서."

"컥."

노형진은 손채림의 말에 숨이 턱 막혔다.

그건 또 처음 들어 보는 이야기였기 때문이다.

"네가 나 음악 쪽 재능이 있다고 했잖아. 그리고 솔직히

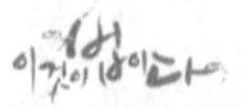

나도 해 보고 싶고. 그래서 음악을 하려고 했는데 아버지가 이상한 소리를 하더라고."

"이상한 소리?"

"재벌가에 맞선 주선해 놨으니 나가래."

"헐. 그래서 튄 거야?"

"당연하지. 내가 미쳤다고 나보다 스물네 살이나 많은 인간을 만나냐?"

"스물네 살?"

노형진은 기가 막혔다.

그 정도면 거의 딸이라고 해도 되는 수준이다.

그런데 스물네 살이나 차이 나는 맞선이라니.

"재벌가 차남이고 자시고 내가 미쳤냐? 그래서 말 안 하고 냅다 튄 겨."

"헐…… 어쩐지."

어느 순간 갑자기 안 보이더니 '나 독일로 공부하러 왔다.' 라는 말이 전부인 메일 한 통만 보냈다.

그런데 그런 비밀이 있는 줄은 생각도 못 했다.

"그래서?"

"그래서는 무슨 그래서야. 그 후에 아버지는 노발대발하고 어머니는 내놓은 자식이라고 문자 딸랑 하나 보내고."

"끝?"

"끝. 그 후에 내 돈으로 공부 더 하기는 했는데. 아낀다고 아꼈는데도 떨어지더라고."

손채림은 어깨를 으쓱했다.

노형진은 왠지 짠해졌다.

그녀가 부잣집의 자식이라곤 하지만 본인이 돈이 많은 게 아니다.

각오하고 튄 것이겠지만 낯선 독일에서 얼마나 고생했을지 알 것 같았다.

자신도 회귀 전 모든 것을 버리고 미국으로 갔다.

그리고 그곳에서 얼마나 개같이 고생한 끝에 성공했던가?

"그래서 돈이 떨어져서 온 거야?"

"응, 학비도 없고."

"알바는?"

"독일이잖아. 나 학생 비자로 간 거라 알바하면 잘려."

더군다나 학비를 낼 수도 없는 상황에서 더 이상 그녀가 할 수 있는 건 없었다.

"그래서 그만둘 거야?"

"웅? 그건 아니고 일단은 돈을 좀 벌어 볼 거야. 그 후에 음악을 계속할 거야."

"계속?"

이미 그녀의 나이가 적지 않다.

물론 아주 많은 건 아니다.

하지만 보통 음악 하는 사람들이 초등학교부터 시작해서

고등학교 때 과외까지 받아서 대학에 가는 걸 생각하면 아무리 손채림의 능력이 뛰어나도 한계가 있을 수밖에 없다.

"계속할지, 아니면 다른 걸 할지는 몰라. 하지만 음악은 안 놓을 거야. 네 말대로 난 음악에 재능이 있나 봐. 음악을 하고 있으면 왠지 마음이 안정된다니까."

"쩝……."

결국 원래 그녀의 인생을 되돌릴 수 있을 거라 생각했는데 그건 실패한 듯했다.

"그래서 알바 자리는 구했어?"

"아니, 아직. 일단 방부터 구해야지. 지금은 친구 집에서 신세 지는 중."

"어디서 살려고?"

"글쎄, 고시원이나 좀 알아볼까 생각 중이야. 돈이 있어야 말이지."

"차라리 집에 들어가지."

"너 그거 살인 방조다. 우리 아빠가 날 죽이려고 할걸, 안 그래도 너 싫어하는데."

"안 그래도 얼마 전에 사건 때문에 한번 부딪혔다."

"헐."

그때 손채림의 아버지인 손하균은 노형진을 마치 죽일 듯이 바라보았다.

원래 자신을 싫어했던 사람들인 만큼 그러려니 했는데, 아무래도 손채림 사건의 배후에 자신이 있다는 걸 안 모양이었다.

"하아, 내가 그냥 집 하나 구해 줄게."

"헐? 현지처? 난 싫은데?"

"현지처는 무슨 현지처야. 그건 내가 다른 데 갈 때 할 말이고."

"그래도 현지처 안 만든다는 소리는 안 하네."

"아오, 말을 말아야지."

노형진을 보면서 키득거리는 손채림.

"걱정하지 마. 내가 알아서 할게."

"나 돈 많아."

"그런 문제가 아님. 부모님에게서 독립했는데 내 스스로 뭐 좀 해 봐야지."

"헐."

확실히 독일에서 살다 온 것이 성격에 많은 영향을 준 모양이기는 하다.

평생을 부모님이라는 그림자 안에서 살던 그녀가 자립을 이야기하다니.

"알았다, 알았어. 네 맘대로 하세요."

"나 도와주고 싶으면 내 친구를 도와줘."

"친구?"

"응, 나 친구 집에 있다고 했잖아. 혼자 살고 있어서 신세지고 있기는 한데 아무래도 돈을 주기에는 내가 거지라 불가능하고.”

“끄응…….”

노형진은 머리를 흔들었다.

그녀가 이렇게 말한다는 것은 당연히 법적인 문제일 것이다.

자신에게 돈을 달라고 하는 게 아니니 남은 것은 한 가지 뿐이다.

“무슨 일인데? 못 받은 돈이라도 있냐?”

“그건 아니고.”

“그럼?”

“블랙리스트에 올라갔어.”

“블랙리스트? 그건 또 뭔 소리야? 무슨 짓을 한 거야?”

“움…… 했다면 한 거고, 안 했다면 안 한 거고?”

“응?”

“그 애, 어린이집 선생님이거든.”

“그런데?”

“바른말 했다가 날아간 거지, 뭐.”

노형진은 살짝 얼굴을 찌푸렸다.

바른말 했다가 날아간다는 건 내부 고발 문제이기 때문이다.

“자세하게 말해 봐.”

“뭐, 나도 들은 이야기라…….”

손채림은 자세히 이야기하기 시작했다.

“뭐, 어린이집의 비리에 대해서 인터넷에 까발렸더니 잘렸다던데? 그 후에 아무 곳에도 취직하지 못하고 있대.”

“그래?”

“끄응.”

그 말을 들은 노형진의 머릿속에는 어렴풋이 떠오르는 게 있었다.

소위 어린이집이라고 하는 곳은 엄청난 카르텔을 유지하고 있다.

그럴 수밖에 없는 게, 망하지 않는 사업이라고 불리는 게 바로 어린이집 사업이다.

사람들은 잘 모르지만, 어린이집의 경우에는 정부에서 선생님의 월급과 일부 자금을 지원해 준다.

한번 돈 들여서 만들어 두면 그 이후에는 돈이 들어가지 않는 것이다.

‘그래 놓고 돈은 오질 나게 받아 처먹지.’

단순히 회비뿐만이 아니라 간식비나 행사비 같은 곳에서 어마어마하게 돈을 요구한다.

입으로는 죽겠네, 얼마 안 남네 하고 징징거리지만 원장들은 벤츠를 끌고 다니면서 호의호식하고 인원이 부족한 선생님들은 힘들어서 죽어 나갈 지경이다.

‘그래서 아이들에게 교육적으로도 좋지는 않았는데.’

다른 문제 중 하나가 바로 친목질이다.

원장이라는 작자들은 자기들 구역을 만들어서 친목질을

하는데, 그중 하나가 바로 손채림의 친구처럼 양심선언을 하는 선생님을 퇴출시키는 것이다.

유아교육과를 나오는 사람들은 많고 자리는 없다.

그러니 그들은 일종의 카르텔을 만들어서 엄청난 돈을 쓸어 모으는 것이다.

취업하지 못하게 될 게 뻔하니 선생님들은 아무런 말도 하지 못하는 거고.

"뭘 올린 건데?"

"나야 모르지. 어찌 되었건 너라면 자리를 구할 수 있지 않아?"

"자리를 구할 수는 있지."

당장 새론만 해도 기혼자를 위한 어린이집이 있다.

그곳에 부탁해서 자리를 만들어 보는 것도 가능하고, 대룡 역시 자체적으로 어린이집을 운영한다.

요즘은 맞벌이를 하지 않으면 아무것도 하지 못하는 시대이니 말이다.

"그러면 그거나 도와줘. 내가 돈도 못 주는데 맨날 얻어먹기도 그렇고."

"친구 나가면 혼자서 편하게 살려고 하는 건 아니고?"

"걸렸나? 헤헤헤."

"쯧쯧, 걸리기는 무슨."

조만간 취업하면 친구 얼굴은 보지도 못할 게 뻔한데 말이다.

"알았다. 나도 좀 알아보마."

어렵지 않은 부탁이었기 때문에 노형진은 고개를 끄덕거렸다.

"노형진입니다."

"송수아라고 해요."

얼마 뒤 연락해서 만난 그녀는 단아하게 생긴 미녀였다.

그녀는 약간은 걱정스러운 얼굴로 새론으로 찾아왔다.

"그나저나 이야기를 들어 보니 직장을 구하고 계신다면서요."

"네."

"운이 좋으셨네요."

노형진이 새론에 있는 어린이집에 왔을 때, 다행히 새론 어린이집은 기존에 있던 선생님 중 한 사람이 출산휴가를 가는 바람에 보충 인원을 구하는 중이었다.

"아이들이 한 백스무 명쯤 되는데, 가능하시겠습니까?"

"헉!"

"아아, 물론 혼자 하라는 건 아닙니다. 선생님도 열다섯 분 계십니다."

"네에? 그렇게 많다고요?"

"네, 너무 숫자가 적으면 아이들에게 여러 가지를 해 주지 못하니까요."

물론 새론에서 일하는 사람들 중에서 어린이집에 다닐 정도의 애들이 백스무 명이라는 건 말도 안 된다.

이 숫자는 새론이 어린이집을 만들기로 결정하면서 주변에 있는 다른 곳들에 의견을 물어보고 도출해 낸 결과였다.

주변의 다른 기업들에도 수많은 맞벌이 부부가 있는데, 그들의 가장 골치 아픈 일은 아이에 관한 문제였다.

운이 좋아 집 근처 어린이집에 자리 잡으면 좋겠지만, 대부분은 먼 곳까지 가기 때문이다.

그런데 마침 회사 근처에 어린이집이 생긴다고 하다 너도 나도 지원한 것이다.

"새론 어린이집은 무조건 아이들 열 명당 선생님 한 명입니다."

일반적으로 어린이집은 열다섯 명에서 열여덟 명 정도를 맡긴다. 그러니 선생님이 지칠 수밖에 없다.

"그런데 왜 선생님이 세 명이나 더 있는 거죠?"

열 명 중 한 명이면 선생님은 열두 명이어야 한다.

그런데 세 명이나 더 있다는 게 이상했다.

"아, 그 부분은 안 그래도 말씀드려야 할 부분입니다. 그 부분들은 야간 근무조입니다. 그리고 선생님도 야간조구요."

"야간?"

고개를 갸웃하는 송수아.

야간 근무조라는 건 처음 들어 봤기 때문이다.

“아무래도 이쪽은 일이 넘치는 곳이 많습니다. 그렇다 보니 야근하게 되는 경우가 흔하죠.”

송수하는 이해한 듯 고개를 끄덕거렸다.

자신 역시 그런 분들을 기다리느라고 퇴근을 못 해 본 경험이 한두 번이 아니었기 때문이다.

“그래서 야간조가 따로 계십니다. 정확하게 표현하면 오후반이 되겠네요.”

기본적으로 업무 시간은 아침 8시부터 저녁 6시까지다.

9시에 출근하는 직원들이 많으니 미리 준비해야 하기 때문이다.

문제는 그런 직원들이 야근하는 경우다.

“그럴 때를 대비해서 야간반 선생님들이 계신 겁니다.”

부모가 야근으로 못 오는 경우, 야간반은 그런 아이들을 돌봐 주는 역할을 한다.

그래서 근무를 밤에 시작하는 대신에 대신에 아침에 늦게 출근한다.

“서류 작업은 다른 전담 직원이 하니까 그 부분은 걱정하지 마시구요.”

“완전 꿈의 직장이군요.”

송수하는 왠지 씁쓸한 얼굴이 되었다.

자신이 고생하던 그곳이 생각난 것이다.

"꿈의 직장은 아니죠. 아이들이 중요한 거야 누구나 아는 사실이니까."

"정작 원장들은 그걸 모르죠."

안타깝게 말하는 그녀의 얼굴을 보던 노형진은 갑자기 궁금해졌다.

도대체 그녀가 무슨 이야기를 했기에 이렇게 블랙리스트까지 올라갔는지 말이다.

"저기, 죄송한데, 무슨 일이 벌어지고 있는 건 알려 주실 수 있습니까?"

"네?"

"아니, 블랙리스트에 올라갈 정도로 나쁜 사람으로는 보이지 않아서요."

그렇게 나쁜 사람이라면 고용하기 힘들어진다.

그런데 얼핏 봐도 그다지 악독한 사람은 아니었다.

"채림이가 이야기했다고 하던데요?"

"자세한 이야기는 하지 않았습니다."

그녀는 조심스럽게 입을 열었다.

"말 그대로 제가 섣불리 정의감에 불탄 거죠."

그녀는 유아교육과를 졸업하고 난 후 나름의 목적과 꿈이 있었다.

하지만 현실로 나오는 순간 그녀의 꿈은 와장창 박살이 났다.

사실 꿈이 박살이 나는 것은 이해할 수 있는 일이다.

현실에서 꿈을 이루고 사는 사람은 얼마 되지 않으니까.

하지만 그녀를 힘들게 한 것은 부서진 상식이었다.

"애들한테 쓰레기를 먹이더군요."

"쓰레기요?"

"네, 음식물 쓰레기나 다름없죠. 도대체 어디서 구해 왔는지는 모르겠지만."

처음에는 몰랐다고 한다. 그런데 우연히 유통기한을 본 것이 화근이 되었다.

"사실 유통기한을 확인하는 편은 못 되거든요. 그런데 하루는 어묵을 가지고 왔는데 거기에 곰팡이가 핀 거예요."

그래서 그걸 원장님에게 말했는데 원장은 그 부분만 잘라서 먹이라고 했다고 한다.

"영 찝찝해서 그건 버리고 제 돈으로 사서 먹였는데……."

그 후에 혹시나 하는 마음에 계속 유통기한을 확인하기 시작한 송수아.

그런데 들어오는 대부분의 음식들이 유통기한이 지난 음식이었다.

"가끔은 우유에서 이상한 냄새가 나기도 했어요."

"우유에서도요?"

"네."

우유는 엄청나게 잘 변질되는 식품이다.

그런데 거기서 냄새가 난다는 건 제대로 관리되지 않는다는 뜻이다.

'이상한데?'

그래서 우유를 유통하는 사람들은 무조건 냉장으로 유통시킨다.

"그것도 유통기한이 지났습니까?"

"아니요."

"흠……."

노형진은 고개를 갸웃했다.

송수아는 계속 이야기했다.

"심지어 세탁할 때 세제를 쓰지 말라고 해요."

"네에? 아니, 왜요? 그러면 무엇으로 세탁하라고요?"

아이들은 하루에도 몇 번씩 더러워지고 난리 법석을 떤다.

당연히 세탁이 필수다.

어린이집에서도 만일에 대비해서 여벌의 옷을 두는 것도 그런 이유에서이다.

그런데 세탁할 때 세제를 쓰지 말라니?

"세탁할 때 쓰는 세제 비용이 아깝대요."

"허허허……."

물론 세제의 가격이 아주 싼 건 아니다.

더군다나 어린이집이라면 그 양도 제법 많이 쓸 것이다.

하지만 그래 봐야 한 달 3만 원 정도다.

"나중에 제가 막 뭐라고 하니까 빨랫비누를 가지고 오더라고요."

"빨랫비누요?"

"네."

그녀가 할 수 있는 건 세탁기에 넣기 전에 빨랫비누로 한 번 칠하는 게 다였던 것이다.

"그런 게 한두 건도 아니고."

막말로 그런 식으로 하다 보니 제대로 돌아가는 게 없었다.

애들이 먹는 쌀도 알고 보니 오래된 정부미였고, 간식으로는 유통기한이 지나간 빵 같은 게 나왔다고 한다.

'거참…….'

노형진은 그 말을 들으면서 얼굴을 찌푸렸다.

"항의는 해 보셨습니까?"

"당연히 해 봤지요. 안 해 봤겠어요?"

그녀는 식식거리면서 화를 삭였다.

"그랬더니 한다는 말이 딱 한마디더라구요."

"무슨 말을 했는데요?"

"안 죽어."

"예에?"

"안 죽어요."

노형진은 얼굴을 찌푸렸다.

물론 당장 죽지 않을지도 모른다. 하지만 언젠가 죽을 수도 있다.

가령 식중독균 같은 것 중에도 치명적인 것들이 있다.

더군다나 아이와 어른의 면역력은 분명 차이가 난다.

"그래서 그걸 인터넷에 올린 거군요."

"네."

그 후에 돌아온 것은 해직이라는 보복과 블랙리스트라는 왕따뿐이었다.

'하긴, 이게 장기적으로 좋은 게 아닌데.'

정작 아이들을 사랑하고 아이들을 위해서 일하는 선생님들은 이러한 블랙리스트에 올라서 일하지 못하니, 남은 사람은 돈 때문에 어쩔 수 없이 하는 질 나쁜 사람들뿐이다.

그리고 그들은 아이들을 사랑하지 않기 때문에 폭력적으로 대해서 결국 어린이집에 카메라를 다는 황당한 일까지 벌어진다.

'욕심이 화근이지.'

사실 선생님의 입장에서도 화가 나지 않을 수가 없다.

애 두 명만 있어도 어른의 기운이 빠지는 게 현실이다.

그만큼 아이들의 활동량은 대단하다.

그런데 어른 한 명에게 최소한 열여덟 명, 많으면 스물다섯 명씩 아이들을 배정하고 관리하라고 하면 제대로 관리될 리 없다.

'그래서 이곳 어린이집의 한계를 1인당 열 명을 못을 박은 것이고.'

어차피 인건비는 정부에서 지원하고 학부모들이 십시일반 낸 돈이면 운영하고 좋은 교육 환경에서 좋은 걸 먹이면서 키울 수 있다.

기업의 입장에서는 어린이집으로 수익을 낼 이유가 없기 때문이다.

"그런 일이 많은가 보군요."

"그렇지 않은 게 더 이상하다니까요. 어린이집을 하는 사람은 한 명이 서너 개씩 하는 사람도 있어요."

"쩝."

그들은 입만 열면 힘들다고 죽겠다고 말한다.

그래서 정부 지원이 절실히 필요하다고 하지만 진짜 힘들면 그렇게 여러 곳을 운영할 리 없다.

"알겠습니다."

노형진은 그녀를 일으켜서 아래층에 있는 어린이집으로 데려갔다.

"아이들을 잘 부탁합니다."

"걱정하지 마세요. 저도 잘할 테니까요."

그녀도 열심히 할 생각이었다.

이렇게 좋은 직장을 구하는 건 어려운 일이다.

더군다나 지금은 야간이라고 하지만 그건 차례대로 돌아가면서 한다고 한다.

그러니 그다지 어려운 일도 아니다.

"그럼 잘 부탁드립니다."

노형진은 그녀를 소개하고 올라가는 내내 아까 전 송수아가 한 말이 왠지 마음에 내심 걸렸다.

⚖

"어린이집?"

"네."

"그건 좀 뜬금없는데."

송정한은 노형진의 말에 어리둥절했다.

지금까지 몇 번이나 기획 소송을 했지만 어린이집이라는 곳은 전혀 생각도 하지 않았고, 설사 한다고 해도 그다지 다급한 곳은 아니라고 생각되었기 때문이다.

"좀 뜬금없기는 하지만 그래도 필요는 하다고 생각합니다."

"어째서?"

"단순하게 이야기해도 아이들은 우리의 미래라는 말도 있지만 솔직히 우리 자식이라면 그 꼴을 당하게 놔두겠습니까?"

"흠……."

송정한도 그 부분에 공감하는 듯 고개를 끄덕거렸다.

자신의 아이들도 어린이집에 갈 일이 없는 나이가 되었지만, 부모의 입장에서 그런 꼴을 당하게 두고 싶지 않은 건 당연한 일.

더군다나 지금 아이들이 가지 않더라도 어쩌면 나중에 손녀나 손자가 가야 할지도 모르는 곳이 아닌가?

"미래를 위한 투자인 셈이지요."

"미래를 위한 투자라……."

송정한은 그 부분에 대해서는 인정했다.

미래만 본다면 어쩌면 가장 시급한 일일 수도 있다, 한 가지만 빼고.

"그런데 한 가지 문제가 있네."

"대안 말씀이시군요."

"그래."

새론에서 기획 소송을 한두 번 해 본 것이 아니다.

그리고 대부분 대안이 있어 그걸 이용해 해결했다.

하지만 이번에는 대안이라고 할 수 있는 것이 없었다.

"우리가 소송할 수도 있네. 하지만 전국에 있는 모든 곳에 소송할 수는 없네. 어린이집은 수가 너무 많아. 소송하면서 여론 몰이를 한다면야 잠깐 이슈는 될 수 있겠지. 하지만 그게 결코 승리나 대안이 되지는 못해."

"하긴……."

대부분의 어린이집은 개별적 집단이니 이쪽에서 잘못된 집단을 때린다고 해서 다른 곳까지 고쳐지기는 힘들다.

물론 방송에 나가면 잠깐은 조심하면서 눈치를 보겠지만 시간이 지나면 결국은 다시 원점으로 들어올 게 뻔하다.

기본적으로 어린이집에서 문제가 되는 것은 돈이니까.

"즉, 우리가 잠깐은 막을 수 있겠지만 장기적으로는 의미가 없다는 거지."

"흠……."

노형진은 머리를 벅벅 긁으면서 고민하기 시작했다.

'확실히 대안이……. 에이, 씨발…… 내가 왜 이런 고민을 해야 하는 거야? 이런 건 보통 정치인들이 해야 하는 거 아냐?'

물론 이번 뉴스가 터지면 정치인들이 우르르 달려들기는 할 것이다.

다른 이슈가 생길 때까지 말이다.

기간은 길어야 한 달.

'그 이후에는 말짱 황인데.'

그 이후에는 관심도 없을 게 뻔하다.

대안?

기대도 하지 않는다.

법률 개정?

자기들끼리 싸우느라고 통과시킨 것이 얼마나 되는가?

더군다나 이쪽 집단의 로비력은 장난이 아니다.

물론 어린이집은 정부의 지원을 받는 만큼 감시의 대상이 되기는 하지만 숫자가 많아서 제대로 감시하기도 힘들고, 더군다나 어린이집을 감시해야 하는 공무원들이 뇌물도 받지 않고 제대로 감시해 주기를 바라는 것은 더욱 힘들다.

'그런 방법이야 미래에도 숱하게 써먹었잖아?'

하지만 마지막 순간까지 어린이집은 고쳐지지 않았다.

이유는 알 수 없었다, 정치인들이 관심이 없었는지, 아니면 그들이 로비를 했는지.

하지만 최후의 순간까지 어린이들을 위한 어린이집은 극소수에 지나지 않았다.

"거참, 전국에서 그 많은 유아교육과가 있는데 거기서 나오는 애들이 다 어디로 가는지."

"대부분 잠깐 하다가 포기합니다. 무척이나 힘든 일이거든요."

"그런가?"

"네. 그리고 어린이집 선생은 유치원 선생하고 좀 다릅니다."

"다르다고?"

"네."

유치원 선생님을 하기 위해서는 유아교육 과정을 전공하고 유치원 2급 정교사 자격을 따야 한다.

그에 반해 어린이집 선생님을 하기 위해서는 보육 교사 자격증을 따야 한다.

"그런데 솔직히 어린이집 교사는 좀 대우가 나쁘지요."

"그런가?"

"네."

물론 유치원 선생님들보다 자격증 따는 것이 쉬운 것은 사실이다.

하지만 그들이 하는 일은 그들과 하등 다를 바가 없다.

도리어 유치원에서 받아 주지 않는 더 어린아이들을 받아서 관리한다.

더 어리다는 것은 당연히 더 많은 손이 간다는 뜻이다.

"사회적으로도 천대받고 직업적으로도 무시당하고 금전적으로도 무척이나 쪼들리는 게 어린이집 교사입니다. 사실 그러면 안 되는데 말이죠."

아이들이 세상으로 나가서 가장 먼저 만나는 스승이 부모이며, 그다음으로 만나는 사람이 바로 어린이집 교사다.

"자네 말을 알겠네만 우리의 기본적인 문제는 해결된 것은 아닐세. 도대체 어떻게 기획 소송을 하란 말인가, 한두 곳도 아닌데?"

"흠……."

잠시 고민하던 노형진은 어떤 생각이 머릿속을 스치고 지나가는 것을 느꼈다.

"좋은 생각이 났습니다."

"좋은 생각?"

"네."

회귀 전 친구에게서 들었던 말이다.

그는 늦깎이 결혼을 했다.

당연히 아이도 늦게 가졌는데, 그 당시 어린이집 문제로 툴툴거렸던 게 생각났던 것이다.

'그때 분명 그랬지?'

그때 친구가 한 말.

-드러워서 죽겠네. 회비라고 또 내고, 행사비라고 또 내고, 이래서 또 내고, 저래서 또 내고……. 씨발, 차라리 내가 차리고 싶다.

분명 친구는 그렇게 말했다. 그런데 생각해 보면 그것도 나쁜 생각은 아닌 듯했다.

"우리가 하면 어떨까요?"

"우리가 하는 거 어떠냐니?"

"우리가 직접 어린이집을 운영하는 겁니다."

"그게 가능해?"

"일단 알아봐야지요."

노형진은 눈을 반짝이기 시작했다.

"일단 세 가지 문제가 있습니다. 첫째, 원장. 둘째, 자금. 셋째, 공간."

노형진은 자신이 확인한 걸 가지고 회의에 참석했다.

이번 회의는 단순히 법률에 관한 회의가 아닌지라 지방에 있던 사람들까지 주요 멤버들이 다 들어온 상황이었다.

"원장? 원장이 왜 문제가 되나?"

이 회의를 위해 본사로 올라온 남상주 변호사는 고개를 갸웃했다.

"일단은 각 지점마다 원장을 내야 하거든요. 한 명이 여러 곳에서 원장을 하기도 하지만 우리 목적은 그게 아니니까요."

"그럼 원장은 어떻게 구하지?"

"원장은 다음과 같은 조건의 사람이면 됩니다. 첫째, 보육교사 1급 자격을 취득한 후 3년 이상의 보육 등 아동 복지 업무 경력이 있는 사람. 둘째, 유아교육법에 따른 유치원 정교사 1급 자격을 취득한 후 3년 이상의 보육 등 아동 복지 업무 경력이 있는 사람. 셋째, 유치원 원장의 자격을 가진 사람. 넷째, 초중등 교육법에 따른 초등학교 정교사 자격을 취득한 후 5년 이상의 보육 등 아동 복지 업무 경력이 있는 사람. 다섯째, 사회복지사업법에 따른 사회복지사 1급 자격을 취득한 후 5년 이상의 보육 등 아동 복지 업무 경력이 있는 사람. 여섯째, 의료법에 따른 간호사 면허를 취득한 후 7년 이상의 보육 등 아동 복지 업무 경력이 있는 사람. 일곱째, 국가 또는 지방자치단체에서 7급 이상의 공무원으로 보육 등 아동 복지 업무에 5년 이상 근무한 경력이 있는 사람."

"생각보다 많네?"

"네."

생각보다 원장이 될 자격을 가진 사람은 많았다.

"문제는 그런 사람들은 원장을 하고 싶어 해도 돈이 없다는 겁니다."

"돈이 없다라……."

"네, 하지만 우리는 여기서 한 가지를 짚고 가야 합니다."

"어떤가?"

"원장은 월급을 받으면 안 됩니까?"

"응?"

순간 이해하지 못한 사람들은 이게 무슨 소리인가 했다.

하지만 다음 말에 바로 이해가 되었다.

"현재 어린이집 원장은 기본적으로 어린이집을 소유한 사람입니다. 그들을 기업으로 봤을 때 원장은 사장쯤 되는 거죠. 그리고 모두 아시겠지만 기업에는 전문 CEO라는 존재가 있습니다."

"그렇군."

그들은 주식을 가진 것도, 수익을 내는 것도 아니다.

그저 월급을 받아서 일하는 전문 운영자일 뿐이다.

"그리고 법 어디에서도 어린이집에 전문 운영자를 들이면 안 된다는 규정은 없습니다."

그들은 월급을 받으면서 원장으로 일하는 것이다.

노형진이 제시한 자격을 가진 사람들은 많다.

다만 그들은 원장을 하고 싶어도 돈이 없을 뿐이다.

"그런 조건이라면 원장 문제는 해결됩니다."

"두 번째는 자금이군."

"그래서 생각한 것이 회원제 어린이집입니다."

"회원제 어린이집? 지금 어린이집은 다 회원제 아닌가?"

고개를 갸웃하는 사람들.

분명 가입하고 회비를 내니 회원제라고 할 수 있다.

"아닙니다. 회원제라고 하지만 사실상 가입비만 받는 수준인 거죠. 제가 말하는 건 말 그대로 회원제입니다."

지금의 어린이집에서는 회비를 내고 보육이라는 것을 받는다.

하지만 노형진이 노리는 것은 다른 것이었다.

"지금의 어린이집 방식은 소정의 가입비만 내고 회원이 된 사람들에게서 추가 사용료를 걷는 방식입니다."

"엉?"

"하지만 제가 원하는 방식은 말 그대로 고가의 회원제입니다."

"고가의 회원제?"

"네, 골프 클럽 같은 곳 말이지요."

"오호라?"

골프 클럽 같은 곳은 가입비 자체가 무척이나 고가다.

한 장에 수천만 원씩 하기도 한다.

그렇다고 그런 곳에 들어간다고 해서 돈을 아예 내지 않는 것도 아니다. 말 그대로 회원권일 뿐이다.

“가입하겠나?”

“언제 우리나라 부모들이 아이들에게 돈 아끼는 거 봤습니까?”

“흠…….”

송정한의 말에 노형진은 선을 그었다.

확실히 한국에서 부모들은 아이들에게 들어가는 걸 최우선으로 한다.

가장 먼저 줄이는 게 입히는 비용, 그다음이 식비, 그다음이 주거 비용, 마지막이 학원비다.

만일 학원비를 줄인다면 사회가 이미 막장인 거라고 봐도 무방하다는 말이 나올 만큼 확실히 한국에서는 아이들에게 많이 투자한다.

“그리고 실제 투자금이 많은 것도 아니죠.”

“응?”

“한 집당 대략 300만 원 정도 받을 생각입니다.”

“적은 건 아닌데?”

“돌려받을 수 있다면 이야기가 달라지죠.”

“돌려받는다?”

“네.”

골프장 회원권은 주고받을 수 있고, 당연히 거래도 가능하다.

“아이는 성장합니다. 그리고 유치원이나 학교에 가지요. 그럼 그때는 그 회원권을 다른 회원에게 팔 수도 있겠지요.”

"아하!"

그런 식으로 다음 세대로 계속 넘어가면 그들은 걱정할 이유가 없다.

어차피 다음에 들어오는 사람에게 받으면 그만이기 때문이다.

어쩌면 들어오고 싶어서 프리미엄이 붙을지도 모른다.

그럴 때는 주변에 다른 곳을 하나 더 만들면 그만이다.

"하지만 그만한 가치가 있을까?"

"있습니다. 규모의 경제라고 하니까요."

"규모의 경제?"

"네, 일단 회비는 둘째치고 매달 받는 사용금의 단위가 다르지 않습니까? 그에 반해 들어가는 비용은 적지요."

가령 어린이집에서 A라는 마술사가 공연한다고 치자.

그러면 1회 공연이며 한 번에 50만 원 이상의 금액을 요구할 것이다.

하지만 어린이집 집단이라고 하면 한 달 공연에 500만 원에 요청할 수도 있고, 마술사는 안정적인 수입이 생기니 그걸 받아들이게 된다.

그렇게 되면 주말인 8일을 뺀다고 해도 22일간 마술 공연이 가능하다.

"그건 식품에서도 가능하지요. 대량으로 살수록 가격은 더 떨어집니다."

"맞는 말이군."

"그리고 우리의 수익은 그쪽에서 나오는 겁니다."

기본적으로 어느 정도의 월급은 정부에서 준다.

추가로 선생님을 고용해서 오버되는 월급과 아이들에게 들어가는 돈은 부모들이 낸다.

대신에 자신들이 대량으로 구매가 이루어지는 식비나 행사비 그리고 활동비 등에서 수익을 낸다.

수익 자체는 많지 않을 것이다.

하지만 큰 욕심을 부리지 않는다면 상당한 수익이 될 것이다.

"그렇게 되면 질 좋은 교육을 대량으로 하는 게 가능해집니다."

"그래도 여러 가지 문제가 있을 텐데? 가장 큰 문제가 자금이지 않나? 한 사람당 300만 원이라고 해도 결국은 충분한 시설이 갖춰진 어린이집을 만드는 데는 부족한데? 자네가 낼 건가?"

"그럴 생각 없는데요?"

"그러면 나머지는 어떻게 해결할 생각인가?"

노형진은 씩 웃었다.

"걱정하지 마세요. 이미 떡밥을 던졌습니다. 아마 덥석 물었을 겁니다."

"엥?"

노형진의 말에 다들 어리둥절한 얼굴이 되어 있었다.

소송도 때로는 도구다

"킁킁."

"왜 그러십니까?"

노형진은 유민택을 보면서 물었다.

갑자기 자신을 불러서 이야기는 하지 않고 냄새를 맡는다니.

"어디서 냄새 안 나나?"

"무슨 냄새요?"

"냄새가 나…… 그것도 아주 강렬하게."

"전 아무런 냄새도 나지 않는데요?"

"돈 냄새가 나. 자네에게서 말이야."

노형진은 마치 당황한 듯 씁쓸하게 웃었지만 속으로는 걸렸다고 킥킥거렸다.

"무슨 말씀이신지 모르겠습니다."

"말 그대로 돈 냄새가 난단 말이지, 자네한테서 말이야. 노 변호사. 내가 자네들한테 얼마나 신경 쓰는지 모르지?"

"알죠."

'아주 잘 알지.'

자신들과 적대적인 조직들의 첩보원은 무조건 쫓아내지만 새론과 대룡은 사이가 좋아서 그럴 이유가 없기 때문에 놔둔다.

그래서 노형진은 그가 자신들이 하고자 하는 것에 대해서 알 거라는 것을 알고 있었다.

"좋은 게 있으면 우리한테 넘겨야지."

"우리가 사업하는 사람도 아닌데 왜 넘깁니까?"

"그러니까 넘기라는 거야. 안 그런가? 우리는 사업하는 사람들이지. 아이디어는 자네가 좋을지 모르지만 시스템은 우리가 훨씬 좋다고."

싱글거리면서 웃는 유민택.

노형진은 그걸 보면서 역시 안 그런 척해도 엄청난 능구렁이라고 속으로 투덜거렸다.

"어떻게 아신 겁니까?"

"자네들에게 관심이 많다니까, 하하하."

유민택은 노형진에게 말하면서 씩 웃었다.

그 역시 노형진이 내부에 심어 둔 사람을 모른 척한다는 걸 알기 때문이다.

"그런 좋은 건수는 알려 줘야지."

"우리 새론도 다른 수익 모델이 있어야 하지 않겠습니까?"

"지금 장난하나? 새론은 로펌이야, 기업체가 아니라."

"그건 그렇지요. 하지만 불쌍한 사람들 도와주기 위한 변론 비용은 빼야지요."

"그건 우리 대룡평등재단에서 도와주지 않나?"

싱글거리면서 웃는 유민택을 보면서 노형진은 마치 졌다는 듯 두 손을 다 들었다.

"네 네, 알겠습니다. 그런데 이건 진짜 돈 얼마 안 되는데요? 어린이집 사업이라는 게 그다지 돈이 얼마 안 되는 사업이라서요."

"그건 바보들이나 하는 말이고."

유민택은 피식 웃었다.

"우리는 이미 식자재 공급 라인을 꽉 쥐고 있네. 자네들이 대량 구매하는 것보다 훨씬 싸게 구할 수 있지. 더군다나 교육 인프라? 우리가 그걸 만드는 게 어려울 거라 생각하나? 아예 마술사 직원으로 고용해도 되는데?"

'하긴.'

아무리 어린이집 사업이 크다고 해도 결국은 대룡의 입장에서는 푼돈이다.

하지만 노형진은 그게 궁금했다.

자신이 떡밥을 던진 건 맞고, 대룡이 관심을 보일 거라 생각하기는 했다.

하지만 그 이유는 알고 싶었다.

자신의 예상보다 관심을 훨씬 많이 가지고 있었기 때문이다.

“도대체 왜 어린이집 사업에 그렇게 관심이 많으신 겁니까? 그다지 도움은 안 될 텐데요. 솔직히 이건 해 봐야 매년 20억도 챙기기 힘듭니다.”

“알고 있네. 우리가 아무리 효율적으로 챙긴다고 해도 30억이 한계일 테지. 그 이상 챙기면 가격이 올라가니까.”

“그런데 왜 하신다는 겁니까?”

유민택은 씩 웃었다.

“자네, 종교 집단에서 왜 어린아이들을 좋아하는지 아나?”

“압니다. 대충 알겠네요.”

종교 집단에서 아이들을 좋아하는 것은 순수하기 때문이다.

아이들은 백지처럼 깨끗하다. 그래서 세뇌시키기 쉽다.

“우리는 그 애들을 뭘 어떻게 하겠다는 건 아니야.”

물론 거기서 세뇌시키지는 않을 것이다.

하지만 그들은 대룡의 어린이집에서 대룡에 물건을 쓰고, 대룡의 가전제품을 보면서 성장할 것이다.

그렇다면 그들이 성장했을 때 과연 뭘 선택할까?

‘한편으로는 무섭군.’

노형진은 이런 초장기전에 약하다.

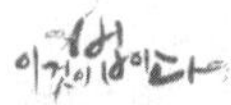

재판이라는 것은 길어야 3년 안에 결과가 나와야 한다.

하지만 유민택은 30년을 바라보고 있는 것이다.

"그리고 우리는 땅도 가지고 있지."

"땅요?"

"그래. 우리는 전국 주요 도시의 관공서나 도심지에 상당한 규모의 건물을 가지고 있지. 뭐, 대부분의 기업들은 다 그렇겠지만."

"그래서요?"

"과연 어린이집을 그런 곳에 만들면 사람들은 어디를 찾아가겠나?"

"하하하."

노형진은 할 말을 잊었다.

사람은 출근할 때 멀리 있는 어린이집에 아이를 두고 오기 싫어한다.

그나마 버스로 데려간다고 해도, 데리러 갈 때는 직접 가야 한다.

하지만 자신이 일하는 곳 가까이에 있다면 당연히 대룡의 어린이집으로 갈 것이다.

그들은 대룡이라는 이름을 보면서 우호적으로 변해 갈 테고, 그들의 선택은 점차 어디로 향할지는 뻔하다.

"돈을 들이지 않으면서 홍보할 수 있는 절호의 기회인데 아깝지 않나, 하하하."

유민택은 그렇게 웃었지만 노형진은 살짝 소름이 돋았다.

역시나 거대 기업을 만든 능구렁이답다는 생각이 들었던 것이다.

“그래서 싫은가?”

“아니요. 그렇지는 않습니다. 만일 대룡에서 끼어든다면 세 번째 문제는 해결되는군요.”

일단 대룡에서 공간을 제공할 테니 그곳에 아이들이 가게 될 것이다.

처음에는 대룡으로 위주로 도심지에 만들다가 확장해 가면서 주거지에 만들면 될 것 같았다.

“그런데 말이야, 나도 궁금한 게 있네.”

“뭐 말입니까?”

“어린이집이 확실히 돈 냄새가 나는 사업이기는 하네. 그러면 자네 이름을 걸고 차라리 사업체를 하나 만들지 그러나?”

노형진이 가진 자산이면 이 사업을 진행하고도 남는다.

그런데 새론이라는 로펌을 굳이 껴서 한다는 게 이해가 가지 않는 유민택이었다.

“지금 별로 돈이 없어서요.”

“하아? 장난하나?”

“진짜입니다.”

몇 년 뒤면 금값이 다섯 배로 뛴다.

그걸 확실하게 기억하는 노형진은 그나마 있던 자금도 모두 금으로 바꾸고 있는 상황이었다.

"그리고 아무래도 소송해야 하니까요."

"소송?"

"네, 설마 우리가 그렇게 비싼 돈을 들여서 시설을 만들었는데 부모들이 '우와, 시설 좋다.'라고 하면서 300만 원씩 싸들고 올 거라고 생각하지는 않으실 거 아닙니까?"

"그건 그렇지."

이 계획은 귀에 듣고 유민택은 솔직히 어리둥절해졌다.

이미 어린이집이 있는 사람들을 어떻게 데려올 것인가가 관건이기 때문이다.

더군다나 회비도 싼 것도 아니고 무려 300만 원.

나중에 팔거나 나중에 환불받을 수 있는 돈이라고 해도 일반적인 가정에서는 무척이나 큰 돈이다.

"그러니까 자극을 줘야지요."

"자극?"

"과연 부모들에게 가장 두려운 게 뭐라고 생각하십니까?"

유민택은 노형진이 무척이나 섬뜩하다는 생각이 들었다.

보통 변호사는 재판이 목적이다.

그런데 지금 노형진의 눈빛은 그게 아니었기 때문이다.

"가장 두려워하는 것이라……. 그건 자식이지."

어찌 그걸 모르겠는가?

성화의 음모에 두 자식을 잃어버리고 아들이라 생각했던

녀석의 배신에 유민택은 가슴이 찢어졌다.

그가 싸우는 이유는 단 하나, 마지막 남은 자손인 손자에게 성화가 없는 대한민국의 대룡을 넘겨주기 위해서다.

"네, 자식을 위해서라면 돈 300만 원은 돈도 아니지요."

더군다나 돌려주는 돈이고 그 보증 대상이 다름 아닌 대룡이다.

"이번 사건에서는 재판이 목적이 아닙니다. 당연히 꼭 이겨야 하는 것도 아니고요. 이번 사건에서 재판은 도구일 뿐입니다."

"도구라……."

유민택은 노형진이 살짝 무섭다는 생각이 들었다.

변호사들은 재판을 최종적인 과정으로 생각한다.

그 재판에서 이기면 자신이 승리자라 생각한다.

그런데 노형진은 그렇지 않다.

노형진은 변호사의 존재 이유라고 할 수 있는 재판마저도 도구라고 이야기하고 있다.

하지만 사실이다.

제대로 이슈가 되고 사람들이 공포감을 가지게 된다면 사람들은 안전한 곳을 찾게 된다.

그런 상황에서 거대 기업이라는 곳이 운영하는 곳이 얼마나 든든하고 안전할지 사람들이 기대하게 될 테니 당연히 조금 더 돈을 쓰더라도 거대 기업이 운영하는 곳으로 갈 것이다.

"허허허."

유민택은 웃으면서도 살짝 어이가 없었다.

계획을 보면 자신이 떡밥을 물 걸 알고 있었다는 뜻이기 때문이다.

자신에게 말한 것도, 넌지시 찔러본 것도 아니다.

대룡이라는 거대한 물고기는 노형진의 그물에 이미 걸려 있었던 셈이다.

"기분 나쁘십니까?"

"나쁘지는 않네."

자신이 슬쩍 손쉽게 수저나 올릴까 했는데 도리어 이용당한 게 사실이기는 하지만 기분 나쁘지는 않았다.

애초에 그런 관계니까.

"다만 이번 일이 잘되면 좋겠군."

유민택의 웃음이 누군가에게는 저주로 다가가고 있었다.

⚖

"진짜예요?"

노형진과 유민택이 바로 시작한 것은 피해자들을 찾는 것이었다. 일반적으로 피해자라고 하면 스스로 변호사를 찾아오겠지만 이번에는 달랐다.

"네."

"진짜로 소송을 맡기면 돈을 주겠다는 거예요? 그것도 2천만 원이나?"

"그렇습니다."

"하지만 왜……?"

송수아는 자신의 귀를 의심했다.

무려 2천만 원. 적은 돈이 아니다.

그리고 자신과 같은 양심 제보를 하고 난 후 블랙리스트에 오른 피해자를 데리고 오면 그에게도 2천만 원을 준단다.

최대 스무 명까지 말이다. 그럼 무려 4억이다.

"이번 사건에서 표면적 의뢰인이 되어 주기를 원하기 때문입니다."

"표면적 의뢰인?"

"네, 현재 실질적은 의뢰인은 대룡입니다. 하지만 어떠한 사유로 대룡은 전면에 나설 수가 없습니다. 그렇기 때문에 대신 전면에 나설 대리인이 필요한 거죠."

"그게 우리라고요?"

"네."

"하지만…… 그건…… 불법 아닌가요?"

노형진은 피식 웃었다.

"불법 아닙니다. 오래전부터 있었던 일이고 지금도 간간이 벌어지는 일입니다."

대표적인 예가 다름 아닌 군 가산점 제도다.

그 당시 군 가산점 제도 소송을 할 때 여성 단체는 장애인과 여성이 피해를 입는다는 식으로 이야기했다.

그리고 군대에 가지 못한 장애인들을 전면에 내세웠다.

그 덕분에 군 가산점은 헌재에서 헌법에 맞지 않는다며 불합치 결정을 받았다.

'하지만 그 후에는 바로 돌변했지.'

당연히 그다음 순서는 장애인을 위한 다른 뭔가를 요구하는 것이었다.

하지만 여성 단체들은 그러지 않았다.

헌법 불합치 결정이 내려지고 난 후 효용이 다한 장애인 단체는 말 그대로 버려지고 말았다.

애초에 그들은 여성만 신청하면 욕먹을 게 뻔하니까 장애인들을 전면에 내세우면서 정당성을 얻어 낸 것뿐이다.

"이런 사건이 없지는 않습니다. 전면에 나서면 곤란하지만 일단 다른 사람을 미끼로 삼아서 자신들이 노리는 것을 무너트리는 거지요."

"그게 고작 어린이집이라고요?"

송수하는 이해할 수가 없었다.

대룡이 그렇게까지 하면서 밟으려고 하는 게 고작 어린이집이라니?

물론 자신이 있던 어린이집의 사장은 다른 어린이집이 무려 세 개나 있는 큰손이기는 하지만 그래도 대룡에 비할 정도가 아니다.

“네, 사실 다른 어린이집도 마찬가지입니다. 어린이집이 많을수록 좋습니다.”

“대충 말씀하시는 게 뭔지는 알겠는데…….”

송수아는 얼떨떨한 기분이었다.

자신들의 말을 들어 주는 사람은 없었다.

인터넷에 올렸지만 어떻게 알았는지 번개같이 글이 삭제되었고 자신은 해직당했다.

그런 일은 자신과 같은 또래의 초년생에게서 흔하게 벌어진다는 것을 나중에 알았다.

“선생님들에게는 절대 해가 되지 않을 겁니다.”

송수아는 고개를 끄덕거렸다.

그런 사람을 찾는 것은 어렵지 않다는 걸 알고 있었던 것이다.

“알겠습니다.”

그렇게 대한민국의 고질적인 문제인 어린이집 문제 해결의 막이 올랐다.

“기가 막히는군.”

일단 송수아가 가지고 있는 자료들과 인터넷에 올라와 있는 자료들은 정리하던 남상주 변호사는 어이가 없어서 발끈했다.

올라온 김에 이번 사건의 끝을 보겠다면서 굳이 사건에 끼어든 그였지만 기록상에 나타난 증거들에 말 그대로 욕지기가 올라왔기 때문이다.

"나흘 전에 만든 떡을 먹이고 일주일 된 케이크에 아이 한 명당 쿠키 반 개? 이게 간식이야?"

"생각보다 심각하군요."

노형진도 솔직히 놀랐다.

기억하는 것보다 훨씬 열악했기 때문이다.

물론 이건 두 가지 영향 때문이었다.

첫째, 원래 역사보다 일찍 터진 것. 둘째, 송수아가 일했던 곳이 유독 상태가 나빴던 것.

"난 말이야, 이거 보고 대단하다고 생각하고 싶네."

송정한은 그런 사진을 보면서 씁쓸하게 말했다.

"대단하다니요? 그게 말이나 됩니까?"

남상주가 발끈하려는 찰나, 송정한은 그를 진정시켰다.

"좋은 쪽으로 대단하다는 게 아닙니다. 요즘 같은 시대에 나흘 전에 만든 떡을 먹이고 일주일 된 케이크을 도대체 어디서 구합니까? 이건 돈이 있어도 못 구합니다."

"하긴…… 그러네요."

요즘은 먹을 게 넘치는 시대이니 이런 물건을 팔았다가 탈이 나면 버는 돈보다 배상하는 돈이 많기 때문에 절대로 이런 물건을 팔려고 하지 않는다.

물론 판다고 하면 엄청나게 싸겠지만 말이다.

“전 더 놀라운 게 쌀입니다.”

“쌀?”

“저런 건 어디서 구할 수도 있죠. 주변에서 일단 파는 거니까요. 그런데 송수아 씨 말로는 정부미를 사다 먹였다는데, 그걸 주변에서 파는 거 보셨습니까?”

“으음…….”

“확실히 정부미라는 건 본 적도 없군…….”

정부미라고 해서 나쁜 건 아니다. 기본적으로 똑같은 쌀을 정부에서 비축분으로 쌓아 놓는 것이니까.

문제는 이 쌀들이 말 그대로 비축분, 즉 비상용으로 쌓아 두는 것인지라 대부분 오래돼서 맛이 없다는 것이다.

“저도 정부미라는 건 제대하고 처음 봤습니다.”

일반적으로 정부미는 군대에 납품되거나 비상사태에 나눠 주거나 빈민 구제용으로 많이 사용된다.

즉, 시중에서 원한다고 살 수 있는 쌀이 아닌 것이다.

“그렇다면 이런 건 도대체 구한 건지…….”

“그러니까요. 더군다나 다른 식품들도 어이가 없기는 마찬가지입니다.”

노형진은 사진 한 장을 들어서 흔들면서 한숨을 쉬었다.

떡국 사진이었는데, 국 속의 떡에서 여기저기 곰팡이의 흔적이 보였던 것이다.

물론 한번 끓였으니 탈이야 나지 않겠지만…….

"이걸 팔아먹는 새끼들이 재료가 어린이집으로 가는 걸 몰랐을까요?"

"그럴 리가 있나. 바보도 아니고 이렇게 많은 양이 계속 이딴 식인 거라면 분명 자기들끼리 무슨 재고 처리 같은 걸 약속한 걸세."

"제가 봐도 그렇습니다."

남은 재고를 싸게 판다고 약속하지 않으면 이런 물건은 구할 수도 없다. 더군다나 송수아의 말에 따르면 우유까지 그 지경이었다고 하니 한 지역의 상권에 속한 사람들이 단체로 미친 것이나 마찬가지였다.

"이번 사건이 나가면 볼만하겠구먼."

송정한은 고개를 절레절레 흔들었다.

"볼만할 겁니다. 그리고 부모님들이 얼마나 무서운 존재인지 뼈저리게 느끼겠지요."

물론 이런 짓거리를 한 녀석들에게 그건 너무 늦은 후회일 테지만 말이다.

다음 권으로 이어집니다